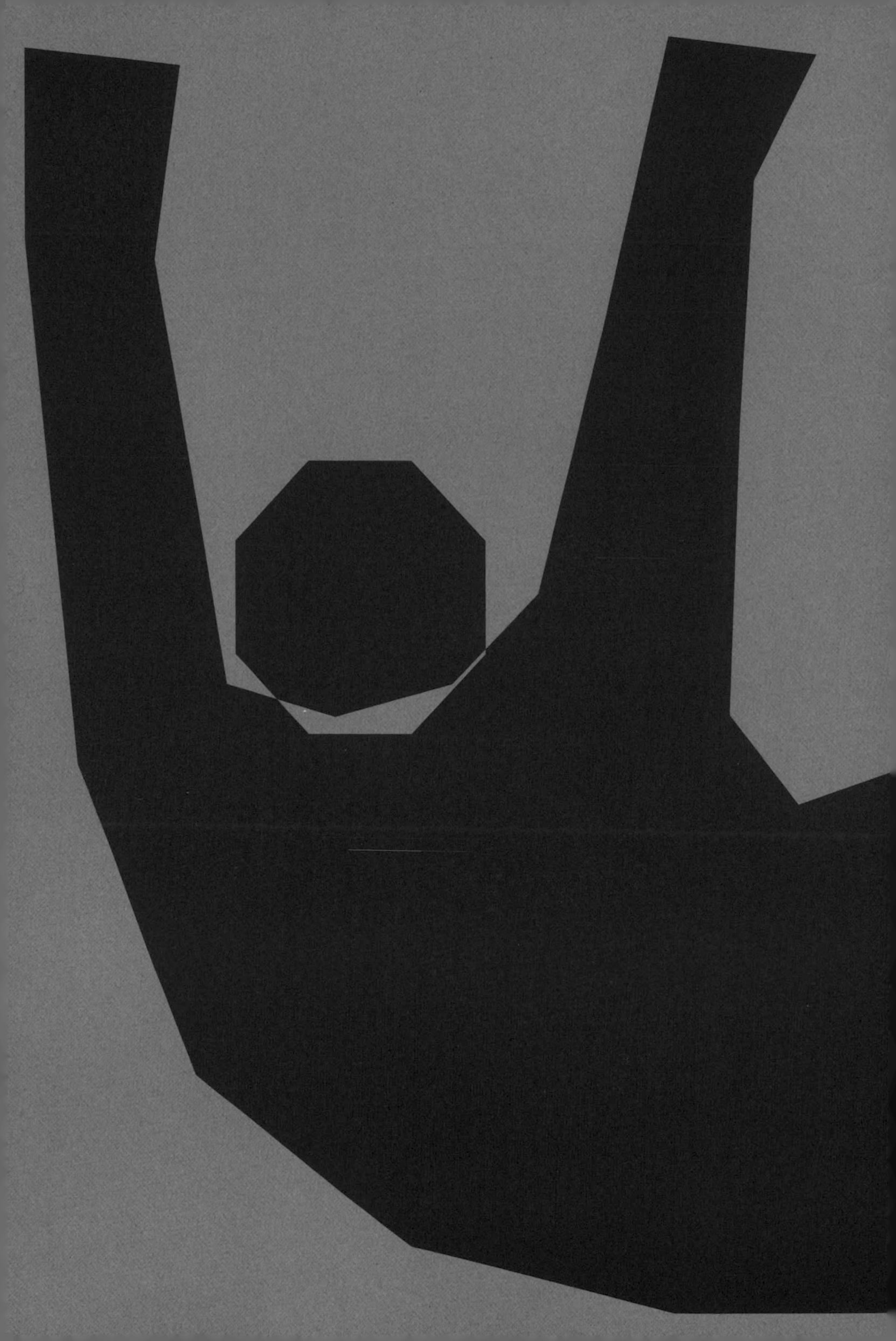

神様

n Books

昭

tira

・スキャンダル

Graffiti

SOURCE 33

素敵なダイナマイトスキャンダル

Dynamite Scandal 美好的炸藥家醜

Suei Akira 末井昭

蔡青雯 譯 臉譜

蛭子能收 Ebisu Yoshikazu 本文繪圖

1

エロ

God of

末

Sue

素敵なダイナマ

Dynam

神様

n Books

昭

kira

Design デザイン
wangzhihong.com

2

トスキャンダル

Graffiti

エロ
God of
末
Sue
素敵なダイナマ
Dynam

目次

Act 1.

Act 2.

Act 3.

WEEKEND SUPER主義 スーパー主義

4

Act 4.

寫真時代の時代

神様
n Books
昭
kira
トスキャンダル
Graffiti

Act 5.

HAND-JOE 談

神様

n Books

昭

kira

トスキャンダル

Graffiti

本作品由北宋社在一九八二年十一月十五日出版，角川書店在一九八四年九月十日出版角川文庫本，筑摩書房在一九九九年四月二十二日出版筑摩文庫本。

在本作品當中，根據目前的人權意識，在部分職業的表現上，使用不當或不適切的詞彙。然而，考量作品的時代舞台背景，刻意保留。

6

素敵なダイナマイトスキャンダル

Dynamite Graffiti 美好的炸藥家醜

Suei Akira 末井昭

エロ

God of

末

Sue

素敵なダイナマ

Dynam

神様

n Books

昭

kira

8

トスキャンダル

Graffiti

Act 1.

母親爆炸了

エロス

God of F

末

Sue

素敵なダイナマ

Dynam

)神様

n Books

昭

kira

10

トスキャンダル

Graffiti

Act 1.

お母さんは爆発だ

エロオ

God of P

1　母親爆炸了

話說藝術偶爾會出現爆炸性，不過對我而言是我的母親爆炸了。

我認為開頭適合先說件驚天動地的事情，而我的確也寫著人生當中最驚天動地之事，總歸一句，我的母親是爆炸身亡的。然而，我的母親並非爆裂物品，我無意炫耀，不過我的母親絕對是如假包換、活生生的一個人。

正確的說法是我的母親和鄰居男子緊緊相擁，在兩人之間夾著炸藥，然後點火引燃，在「砰！」地爆炸聲之下，兩人炸得支離破碎，當場死亡。

這種方式，世間稱之為殉情。殉情有各種方式，有持刀互捅的壯烈行徑；也有吞藥、上吊的暗地私了手法；或是在全家自殺時、最近常用的繁複方法——必須銜接管子將汽車廢氣引進車內；還有從大樓頂樓跳下、跳海或跳火山等一躍而下型，不過，炸藥殉情可說是最驚天動地的了。

跳海時，兩人必須以繩子相互綁住對方的腳踝，因為即使到了臨死之前都無法相信對方，擔心只有自己獨自赴黃泉。炸藥則無需擔心這點，兩人絕對不可

末井

Sue

素敵なダイナマ

Dynam

能有一絲活命的機會，能夠毫無懸念地放心殉情。

母親的炸藥殉情一事，我從未向任何人提起過。我不擅言詞，如果談起這件事，恐怕只會破壞氣氛，導致現場陷入一片沉悶灰暗。曾經有一陣子流行沉悶灰暗的事物，於是我向一位往來密切的長輩提到這件事情，沒想到對方的反應是「你可以拿這件事情當做自己的賣點啊」。從此以後，我絕口不再提起此事。

不過，活到現在，我已經能夠毫不彆扭地說出「靠這件事情當賣點，有何不可」，然而，當時的我還是個多愁善感的青年。「當做賣點」聽來刺耳，我的內心嚴重受創，而且還會不自覺地滿臉漲紅。

近來，我遇到任何人都會說起這件事情。因為，有一次在居酒屋，我不經意地向綽號大熊的藤原勝之[1]提起，沒想到他大有反應；而且，他的反應非常真誠不做作，從此我卸下心防，再也不忌諱向任何人提起這件事。所謂反應真誠不做作，是指沒有表達同情等無謂作為。藤原先生是個溫柔善良的人。

後來，我的車票夾開始放入母親的照片，我沒有戀母情結，照片也不是用來自我安慰。因為我想像當我和女生聊得起勁時，就可以緩緩地取出母親的

つ神様
n Books
昭
kira
トスキャンダル
Graffiti

照片，開口說道「其實呢，我的母親……」，如此就有機會和對方發展到戀愛關係。

可是，母親的故事在發展戀愛關係當中，看似實用，實際上多半淪為「別騙人啦！」的玩笑話。我深深認為都是炸藥的錯。

在日常生活當中，炸藥不是常見物品。相較於炸藥，廢氣、一躍而下型等常用手法，更具有真實感。而且，相較於炸藥的驚天動地程度，其他常用手法相對平和，因此帶有文學性。文學性的事物有利於戀愛發展。

驚天動地的炸藥，只會引發好奇心，毫無任何文學性。炸藥和文學之間的關聯，只有諾貝爾文學獎。我不禁埋怨起母親為什麼不選擇其他死法。

我的出生地是岡山縣和氣郡吉永町大字都留岐字大藤，是個連公車都不經過的僻壤偏鄉。這裡究竟多麼偏僻，請各位參照下述事項即可了解。

雖然是個僻壤偏鄉，但是卻擁有豐富的炸藥。原因不是我的故鄉盛產炸藥，而是這裡擁有豐富的礦脈。從礦山挖掘出來的礦石，是製成黏土或耐火磚的原料。礦山中使用的炸藥庫設置在山中，管理鬆散，從不上鎖，任何人都能隨意

進出取用。

我相信一直以來，這類炸藥或火藥的管理都不夠嚴謹，想必是在那場爆破事件[2]發生之後，才上緊發條、嚴格管控。

家父在挖掘黏土原料的礦山工作。小時候，父親曾帶著我到礦山，因而有機會觀察到父親一整天的工作模樣。

上午的工作是將前一天爆破的礦石，以礦車運出礦坑，下午則在坑道尾端，手持鐵鎚和長長的鑿子鑿洞，鑿出四個約一公尺深的坑洞時，時間已至黃昏。將炸藥塞進洞中，拉導火線，以香菸點火之後，再趕緊逃出坑外。說是逃出坑外，其實是很悠閒地移動，絲毫沒有慌張神態。等到整座山傳出爆炸聲之後，礦山正好迎接夕陽西下的時刻。

至於炸藥的用途，家父都是用在與人爭執時。每當他喝醉、與人一言不合、大打出手之際，他總是急急忙忙地跑回家，隨手抓了兩三根炸藥綁在腰上，再急急忙忙地衝出門。對方也不甘示弱地搬出獵槍，看似即將爆發一場猛烈的對戰，只是至今從未傳出過任何死傷。大概是有第三者居間仲裁勸架吧，看來仲

の神様
rn Books
昭
kira
トスキャンダル
Graffiti

エロ本
God of P

裁者也是搏命演出。

曾經，家父背著我也能與人發生爭執。那次離家甚遠，父親不方便衝回家拿取炸藥。對方拿出獵槍對峙，但並未開槍，只是高舉獵槍朝著父親的臉毆打，父親被打得滿臉鮮血直流。不過，我在父親的背上，居然絲毫不感到害怕。父親背著我，讓我感到無比安心。

村內的爭執事件必定有炸藥或獵槍登場，不過從來不見警察前來干涉制止；因為，在我出生的這個村子，根本沒有警察，雖然有一間派出所，卻是無人派出所。聽說在我出生之前，曾有警員一家派駐於此，不過那位警員因為不明原因舉槍自殺，從此就再也無人駐守了。

父親沒有與人爭執時，則用炸藥捕魚。他點燃炸藥，丟入河中，隨著劇烈的爆炸聲響，沖出高高的水柱，景象極為壯觀，我非常愛看。然而，看似壯觀，卻幾乎抓不到魚，只見河底炸開大洞，浮出幾條小小的青鱂魚。看來父親是醉翁之意不在魚，他覺得炸藥爆炸的瞬間十分有趣罷了。

如果在稻田當中有大岩石擋路，就用炸藥炸碎，砍斷大樹時也可使用，炸藥

末井
Sue

其實是相當方便的工具。

當我懂事之後，母親罹患肺結核，住院治療，父親偶爾前去探病。他告訴我肺結核會傳染，從不帶我同行。

母親不在，祖母代為照顧我和弟弟。祖母過世之後，我和弟弟分別寄養在不同的親戚家中，當時的我還未上小學。

親戚家中有好多小孩，有的和我同年，有的比我年長。雖然年紀還小，在一群小孩當中，我仍能感受到只有自己受到差別待遇。歸根究柢是在親戚之間，父親和母親的風評都不佳，尤其是我寄養的親戚伯母家，我就是無法對她產生好感，實在像是經常出現在少女漫畫裡的灑狗血情節。

在這種狀況下，我進入小學就讀。我不記得父親是否有來參加我的入學典禮，只記得入學典禮冷冷清清的，全校學生不到五十人，是一所學級混合的單室學校。

即使年紀尚幼，寄人籬下的生活總是拘束不自由。用餐時，得忍受自己的飯量只有一點點；不小心尿床時，必須設法瞞住伯母，自己偷偷曬乾棉被。這些

つ神様
n Books
昭
kira
トスキャンダル
Graffiti

時候，我的腦中不由得浮現母親的身影，想著媽媽，想著回家。

我日夜思念的母親終於出院返家，我和弟弟得以回到家中，一家四人總算團圓。然而，母親擔心結核病傳染給我們，每當咳嗽時總躲得遠遠的。原來母親並非痊癒，而是已經病入膏肓，住院再久也無藥可醫，不得不返家。不過我是後來才得知這個情形，當時只覺得母親出院回家，開心地不得了。

母親回家之後，更為和藹溫柔，但是卻變得不守婦道。在父親外出工作時，家中總有不同的男人出入。每當有男人進門，總是溫柔和藹的母親，就會將我和弟弟趕出門，在那段時間內，兄弟二人必定得在外遊玩。如果賴著不想出門，母親立刻變臉，令人害怕。

我想不透為什麼這麼多男人來到家中。這些出入家中的男子，個個都是單身的年輕男子，而且都帶著伴手禮，飄盪著詭譎的氛圍。

母親生性氣派，愛好美食，愛買新衣、化妝品，更愛拍照，總之花錢從不手軟。但是家境貧窮，這種花錢從不手軟的習性，家中財庫自然很快見底。手頭沒錢，母親就變賣自己的洋裝，所謂民以食為天，最後她以食欲為最優先

考量。

個人物品都變賣光了，母親開始變賣農田耕地。家中的農田本來就所剩不多，全部變賣殆盡之後，從此我們再也不是農民，不必再幫忙插秧割稻，不過家境也更為貧窮。

村中的每個家庭，多半擁有面積不大的農地，栽種生產自家用的食材。雖然父親在礦山工作，其實能夠工作的場所不多，萬一被解雇，我們就只能餓肚子。村子稱沒有從事農業的家庭為「非農家」，這種稱法應該帶有歧視成分吧。

那時，原本在礦山辛勤工作的父親，得知母親未經許可、擅自變賣各種家當；此外家中居然門庭若市、不時有多名男子出入，不由得理智斷線，大發雷霆，從此夫婦每天上演全武行，最初是飯碗、酒瓶瘋狂亂砸，後來越演越烈，連火盆都登場。

每天享用美食的奢華生活，轉眼間結束，我被迫躲在屋內一角，看著火盆滿天亂飛的夫婦爭吵。

某一天，在激烈爭吵之後，母親走出家門，再也沒有回來。她沒有前去投靠

任何親戚，行蹤不明，不知如何是好的父親，只好向鎮上的警察報案，請求協助搜索。

過了一陣子，才發生母親的爆炸事件。當時我在學校，老師將我叫出教室，告知我趕快回家。我滿腦子問號地回到家中，看見附近鄰居都聚集在門前，甚至還停著鎮上警察的吉普車。

後山也聚集著多位男士，正在切斷樹木。原來那裡是爆炸現場，內臟飛濺四處，腸子掛在樹枝上，總之現場一片狼藉。聽說最初發現異狀的是狗，因為狗兒狂吠的緣故，前去查看，才找到爆炸現場。想來第一位目擊的人必定深受衝擊吧。

和母親一起殉情的對象是隔壁鄰居的獨生子，比母親小十歲。之前大肆搜索，都未能尋得母親身影，沒想到她就在自家附近引爆身亡。在那之前，她究竟藏身何處，至今仍然是謎。

傷心落淚的只有痛失兒子的隔壁鄰居。我依稀記得鄰居就像遭遇空難或礦災的遺族，對著父親哭喊著「還我兒子啊」，父親則是一臉茫然。我並不難過，

反而是家裡周圍像是廟會般熱鬧滾滾，感到異常興奮。

翌日的早報《山陽新聞》當中，小篇幅地報導母親的爆炸事件。父親可能經不起這種打擊，在那天之後，再也不進礦坑工作，整日在家無所事事。

母親的爆炸事件到此告一段落。其實，我曾經見到母親的幽魂。當我在睡覺時，聽到聲響睜眼醒來，就看到母親站在眼前。我不確定是在爆炸之前，還是在爆炸之後。如果是在爆炸之前，或許是母親想在赴死之前，再看看自己孩子的睡臉。如果是在爆炸之後，肯定就是母親的幽魂。我看到的母親，只是一語不發地站在枕頭邊。通常發生這種狀況，應該感到震驚害怕，然而我卻以為「媽媽回家了呢」，內心感到安穩而入睡。母親站在枕頭邊，沒有絲毫詭異或不自然。因此，我堅信那絕對是母親的幽魂。

電視的紀錄片播放著非洲土人的生活採訪，我出生成長的地方，差不多也是同一模樣。別說是鳥不生蛋，根本就是更為落後的原始社會。

小時候，村子有座村民合建的大型木製圍欄。圍欄當中種植地瓜。夜晚，會有山豬媽媽帶著幾頭小山豬前來覓食，圍欄入口設有陷阱，當地瓜被山豬偷吃時，圍欄入口會自動關上，第二天早上，村裡就會響起警鐘。

村民聚集在柵欄周圍，膽大的年輕人則進入圍欄之中和山豬搏鬥。這時如果再加上咚咚、咚咚的太鼓聲，幾乎就和土人的生活沒有兩樣。

圍捕成功的山豬抬到河岸邊，大家均分。當天晚上就是村裡的山豬壽喜燒之夜。

當時電視還未問世，當然不可能有探索頻道，偏鄉永遠都是偏鄉。我實在佩服探索頻道，因為，我後來回鄉探訪，出生的村莊變成故里村，儼然已成為觀光景點，道路鋪設平整，還建起山豬牧場，附設餐廳，提供山豬餐點。我坐在

餐廳裡，看著山豬牧場的山豬，啜飲著難喝的咖啡，內心萬千感慨。

雖然成為觀光景點，觀光客卻不多。我想村內在接獲觀光地指定的消息時，肯定是全村歡聲雷動、鑼鼓喧騰吧。然而，畢竟只是探索頻道和國鐵勉強湊合打造而成的宣傳活動，特地前來偏鄉享用山豬肉的人，恐怕只有為數不多、愛湊熱鬧的人吧。現在日本流行異國風，我出生的村莊，恐怕正在承受探索頻道招致的後果吧。

當然，其中不乏有人認同原始社會，只不過我從小憧憬都會生活。我喜歡攀登高山，總是想像在遙遠高山的另一邊、再翻過一座高山的另一邊，有著一個遙遠的國度，有一天，我一定要乘著馬車去瞧瞧。

每個月的某一天，鎮上的電影院會前來村裡的公會堂播放電影。我總是萬分期待每月一次的電影播放，憧憬日活動作電影當中的都市景象。櫃台前，惡霸命令女人陪坐一旁喝酒，櫃台上的玻璃杯中是赤紅色的酒。舞台上，舞女正在跳舞，鏡面球轉動閃爍著。這是電影裡的酒店場景。突然，酒店中央通往二樓的階梯上，傳來小林旭高亢的笑聲，只見他走下階梯。後來我在酒店工作，或

許是這部電影場景深印腦海的影響。

總之，我的夢想就是盡快離開村莊，前往都市賺錢。貧窮落後的村莊，家中更是家徒四壁。窮人看不起比自己更窮的人，再加上母親殉情的緣故，待在村裡總是渾身束縛感。所以我決定國中畢業之後，一定要到都市發展。

國中時，我曾到岡山的水島工業地帶參觀。當時，日本正處於高度成長期，也還未有公害的概念，工廠煙囪都毫無顧忌地噴著濃濃黑煙。那些煙囪著實令我大開眼界，進而對工廠產生憧憬，覺得工廠很潮。

可惜的是我在學校的成績總是名列第一，老師特地來到家中，勸說父親「末井同學很會念書，無論如何都要想辦法讓他上大學念書啊」。

可是，我已經決定國中畢業之後就工作，豈敢肖想大學，更何況家中哪有錢供我念書。最後採取折衷方案，我繼續念到高中，而且能夠申請獎學金。

因為我想到工廠幹活，所以高中選讀機械科。老師得知我選讀機械科，大嘆可惜。

高中機械科當然清一色都是男生。然而，這個時期總會在意異性，當時只覺

得自己和女生無緣，甚至煩惱可能終生都無法接觸到心儀的女性。

學校的實習時間是在校內的實習工廠，有時熔解鐵塊，有時焊接車床，有時則像個鐵匠，所以每天穿著滿身油污的工作服穿越校園，總會迎來升學班女同學輕蔑的眼光。

再加上我加入柔道社，穿著柔道服時，上半身幾近全裸，還光腳跑步，更感受到網球社女同學的不屑。

最要命的是我對自己的容貌極度失望，甚至厭惡。

機械科的老師，其實比較像是工廠職員，我覺得自己來對了地方，更增強對工廠的憧憬。

高中畢業之後，集體前往大阪工廠就職。雖然說是集體，其實本校也只有兩個人而已。選擇大阪，總之一心就是想要遠離岡山，再加上寒假時在學校同學的慫恿之下，曾經到大阪的小型電機工廠打工。

這位同學天性好色，經常向我展示自己收藏的色情書刊。我們兩人的交情相當不錯，他曾經在我掉入池塘溺水時，救我上岸，是我的救命恩人。

Act 1.

お母さんは爆発だ

の神様

n Books

昭

ira

・スキャンダル

Graffiti

「大阪的女人都很正喔！」

這位學校同學常到親戚經營的電機工廠打工，聽到他這番話，不禁受到蠱惑，於是和他一起前往大阪打工。

小小的工廠只有三、四名職員，主要是生產變壓器。同學的親戚不斷拉攏我，希望我在高中畢業之後，到工廠幹活。不過，這間工廠的職員都是親戚關係，我一個人常有局外人之感，所以百般不願意。

集體就職的工廠在大阪的枚方，專門製造不鏽鋼線。現場的實際狀況，和我在學校看到的公司簡介手冊大不相同，令我著實震驚。

工作內容是將不鏽鋼粗線穿過鑽石的小洞，在變細之後，固定在馬達驅動迴轉的捲線器上，整個過程必須使力拉扯，經過多次重複操作，製作出不鏽鋼細線，是一項相當單純卻粗暴的作業過程。有時候，在拉扯線時，線會突然斷裂飛出，十分嚇人。

工廠二十四小時運轉，一天三班制。每隔一星期，勤務時間就會相差八小時。輪值夜班時，難免睡意來襲，嗡嗡機械聲逐漸變得悅耳，就在墜入夢鄉

時，啪地一聲線就斷裂、飛了過來。

工廠下班之後，回到宿舍，宿舍成員都是高中剛畢業的新進員工，來自關西、中國、四國、九州等地方，大家各操著老家的方言，經常雞同鴨講、難以溝通。而且，清一色都是男生，如果一直生活在這裡，說不定我會變成同性戀吧。

很快地，我就對工廠感到失望，不解自己竟然憧憬這種地方。這間工廠的相關公司是製作自衛隊使用的彈頭，進入工廠約兩個月之後，我才聽聞新進員工必須前往自衛隊，進行入隊體驗。於是，這個自衛隊入隊體驗成為壓垮駱駝的最後一根稻草，我決意辭職。

就職三個月，我離開公司，扛著棉被和少許行李，搭上前往東京的普通車。阮囊羞澀，沒錢搭特快車。我的目的地是川崎，因為父親來到川崎打工。

父親工作的公司專營勞力派遣，聚集眾多從各地出外掙錢的人。這間公司將不願意當正職的人，派遣到川崎的工廠，再從薪水賺取回扣。

父親接受派遣前往三菱重工川崎汽車製作所，這間工廠主要是去除鑄造物上

神様

n Books

昭

ira

スキャンダル

Graffiti

Act 1.

お母さんは爆発だ

的砂石，通稱拆卸處。燒得通紅的汽車引擎原型，外層還裹滿砂石，以吊車搬運到這裡。主要作業是以鐵棒去除外層砂石，酷熱加上砂石飛揚，工作環境非常惡劣。

父親在這間工廠工作，或許自覺比不上三菱重工的正職員工，自慚形穢，所以想方設法地打算將我送進三菱重工，當個正職員工。

我不知道父親找到哪位有力人士，我的三菱重工員工一事，立刻有了著落。我進入精密測定部門，工作內容是隨機挑選一台量產的卡車，對照圖面，測量完工卡車的誤差。

為了避免測量器發生異常，作業場所的冷暖氣設備齊全，光線明亮且舒適。工作上，一週測定一台卡車即可，我每天都打瞌睡度日。

每天瞌睡度日的兒子，和每天汗水淋漓、揮汗去除鑄造物砂石的父親，一起返回公寓家中。疲累不堪的父親，欣羨地說著同事加入傷害保險，然後故意讓鑄造物砸傷自己的腳，造成骨折，以便領取保險金；甚至還說自己或許可以如法炮製的傻話。我和父親之間的對話，總是離不開這些話題，我如坐針氈，與

起自己租房獨居的念頭。

那時，我才知道有設計這一行，發現雜誌刊載「日美美術字函授課程」，於是我開始學習。「在家工作，高額收入」的文案，著實打動我的心。

從小我就愛畫畫，但是從未想過能靠畫畫維生。開始美術字的函授課程之後，了解設計、插畫等工作，知道畫畫並不是什麼特別的事情。

三菱重工雖然舒適快活，不過我早已經對工廠失望。失望之餘，我決定當平面設計師。我以為想要成為平面設計師，首先必須進入當時四處氾濫的設計專門學校就讀，為了賺取學費，我開始配送牛奶，甚至晚上在家接副業，組裝鬧鐘。

於是，我每天的生活就是清晨四點起床配送牛奶，白天在工廠打瞌睡補眠，晚上則進行美術字函授課程和組裝鬧鐘。休假日則前往川崎的電影院，觀賞流氓電影。電影開映之前，川崎的員工在電影院前大排長龍，我也參雜其中。當時，電影院的人氣鼎盛，盛況空前。

我搬離和父親同住的公寓，開始寄宿生活。房東是一位阿婆，孩子都離家，

神様
n Books
昭
ira
スキャンダル
Graffiti

只剩她一人獨居，為了賺取生活費，於是出租所有房間。我租下的房間只有三帖大，沒有窗戶，房租三千日圓。

當時一棟房屋能夠使用的電量有限，最晚回家的我總是沒電可用，寒冷難耐只好打開電暖爐的開關，不料保險絲立刻啪地燒斷，這時阿婆就會來到我的房間，說道，

「電暖爐太耗電了！」

言下之意，我似乎必須為保險絲燒斷擔下全責。

這時，附近有人出聲說道，「我的房內有暖桌，你可以過來取暖。」這個人後來變成我的妻子。

在三帖大房內的生活，過沒多久，出現宗教團體的人，對我百般親切，令我受寵若驚，隨後還跟著前去寺廟。對方甚至拿來佛壇，擺在我狹窄的三帖大房內，導致我失去睡覺的空間，只能鑽入壁櫃就寢。後來搬家時，那座佛壇實在礙事，索性丟掉。那時，我的內心根本沒有餘裕信仰任何宗教。

在難以數計的設計專門學校當中，我選擇青山設計學校，進入商業設計科就

末
Su

讀。入學不久之後，當時鬧得沸沸揚揚的學生運動浪潮，也襲向這間小小的設計專門學校，學校開始進行封鎖。

位於澀谷的校舍，牆面上畫著像是拉麵店大碗公碗底般的龍，窗戶垂下赤旗。我費盡千辛萬苦攢錢入學，結果幾乎無法上課學習設計。我逐漸不去學校，有時前往新宿觀看抗議遊行，有時則去看電影。

後來，學校倒閉，大樓變成不動產仲介商。

3　青澀少女採香菇

離職宣言

余於昭和四十三年十月五日入社，就職約一年半，經過深思長考，決定向公司遞出辭呈，容述理由如下。

目前的設計已經陷入瓶頸，現代設計缺乏基本理念，只淪為美化運動，走入死胡同。設計是一種思想。

Act 1.

お母さんは爆発だ

神様

ı Books

昭

ira

スキャンダル

Graffiti

エロ
God of

末
Su

素敵なダイナ
Dynar

個人向來深受反現代設計的吸引，認為唯有這種設計才能夠進行真正的溝通，並實踐於各種工作當中。然而，在下的設計總被批評為「噁心不舒服」、「灰暗沉悶」，無法獲得認同。

然而，這不是在下離職的唯一理由。去年十一月之後，我對設計工作產生極度厭惡之感，所以希望更深入思考設計一事。

此外，在下更常和友人談論設計，並多方閱讀相關書籍，對以往就喜愛的橫尾忠則[3]或粟津潔[4]的想法，更能感同身受。

在下注意到諸多設計師不屑一顧的夜總會看板、桃色電影看板，這些粗暴、錯綜複雜的俗媚看板，於在下眼中深具魅力。

因此，在下打算投入這個錯綜複雜的世界。

昭和四十五年（一九七〇）二月二十五日

末井　昭

我跟這間中輟離開設計學校後選擇就業的設計公司提出了辭呈。

當時，在我的腦海中不斷迴旋著「一個被商業主義這個巨大猛獸侵蝕、卻毫無危機感的設計師，無法認知急遽變化的社會，甚至洗腦自己不斷地將自己置換成他人這項作業是在服務大眾，身處資訊化社會，自我變革帶來羞恥心的溝通不良，突破設計的現實，在麥克魯漢[5]的傳播理論裡，暴力、革命、性的整齊劃一化和表現的消逝，經過組織成設計元年，真是令人百感交集」！

離開設計公司的我，進入女王蜂夜總會連鎖企業的宣傳課。

下午一點的朝會，每位職員必須高聲吶喊「根性（毅力）第一、本腰（認真）勤務、正道營業」的口號。社長的名字是根本正，社訓就是根據社長大名硬掰湊合而成。我的聲音太小，常遭到訓斥。

唸完社訓，接著要唱武田節之歌，因為社長的故鄉是山梨縣。

課長交代：「因為萬國博覽會，公司四月要舉辦女王蜂又羞又喜萬國歌曲改編祭。末井，你負責製作廣告傳單。」

雖然，我沒有說出口，但是內心想著「改編歌曲存在著民眾永不屈服的生命力。民眾受到江戶時代武士權力的支配，持續在暗地裡傳唱改編歌曲。自衛隊

エロ
God of

末
Sue

素敵なダイナマ
Dynam

藍調的改編歌曲、機動隊藍調等民謠不斷傳唱，正是改編歌曲的精髓所在。所以在這次的廣告宣傳單中，我要加入民謠精神，注入滿滿的陰溼情色主義。由此重新出發，來對抗現代主義的設計。『改編歌曲祭』或許只是突發的靈感，然而這個突發靈感能夠發展到思想層面，讓身為設計師的自己昇華到萬國博覽會等級」。

因為這個想法實在過於天真，我害羞地無法老實說出口，不過這也是當時的流行，不能責怪自己太傻。

夜總會的宣傳費用，絕大部分用於招募酒店小姐，所以經常開會討論找尋更具效率的酒店小姐招募方式。

會有意見表示，「我們就去東南亞啊，便宜買下大量當地人，再帶回來就好啦。」

「提供客人參加抽獎，抽中的客人可挑選自己喜愛的酒店小姐，前往熱海旅行一天一夜。各位覺得這個企畫如何呢？」

「不錯耶！」

「可是，這樣就是賣春了啊。」
大家認真討論，我則是默默聽著，察覺到自己和別人的想法似乎有著巨大鴻溝，不禁感到焦躁。
我設計的宣傳單或海報，經常遭到課長怒吼：「看到這種海報，沒有客人願意上門！」
我製作的成品多半讓人覺得噁心不舒服。
「青澀少女採香菇」的宣傳單上，雜亂布滿了原色的香菇；「楓紅祭」則畫上月亮和楓葉的圖案，蝴蝶飛舞著，男根頭烏龜在地上爬著。
在同個時期，一樣是夜總會的「夏威夷夜總會」連鎖企業，則是友人製作的八色絲網印刷海報，畫著黑色太陽或口交畫面。
我幾乎不和任何人說話，唯獨和這位友人，總是在喫茶店聊到天亮，每每讓我的心情感受充實。
兩眼通紅地走出喫茶店時，天色微暗未亮，不見人影。路上散落著皺巴巴的夜總會宣傳單，我撿起一張觀看，像是打開保險套、沾滿精液般的印刷物，

圖解　左：罹患肺病時　中：我愛橫尾大人！　右：現在是好色之徒

蛭子能收　繪

エロ

God of

末

Sue

35

Act 1. → 3

おぼこ娘のキノコ狩り

素敵なダイナマ

Dynam

想著究竟什麼是設計。「動搖男人內心、決定性的腦殺拳」、「為了您，用盡全力、濃厚演出的一晚」、「歡迎光臨女王蜂夜總會，度過瘋狂的夜晚」、「情色滿滿、歡樂無限、費用低廉又有何妨」。簡直都是一派胡言！這些用詞真是令人沮喪，今天又是令人不安的一天，真煩人啊。

我變成了詩人。

我變了，不過也有不變的部分。核心……，遭遇各種經驗，改變形態而重生。即使抹殺自己，向前邁進，那個核心應該永不改變。末井究竟想表現什麼呢？你、和我，現在都只是血液不斷在體內循環而已……不是嗎？現在，就是現在，就是一種表現啊。

友人也變成了詩人。

兩個詩人走在街上，這就是戀愛。我想談戀愛。當時，我已經和妻子同居。不過，在喫茶店和友人高談闊論時，我才有真正戀愛的感覺。

在公司的朝會上，大家高喊著社訓，唱完武田節之歌，課長突然宣布頭髮太長的人，都必須去理髮。原來，公司要為全體職員調薪。我獲得大幅調薪，可

神様
n Books
昭
kira
トスキャンダル
Graffiti

領到四萬五千日圓。然而，雖然薪水調升，我討厭這份工作，討厭課長，也討厭所有同事。

當時，設計師的登龍門是「日宣美」。在夜總會的海報中，自己十分滿意「青澀少女採香菇」，打算以絲網六色印刷參加日宣美展。

沒想到日宣美展竟然停辦。得知日宣美展停辦，老實說，我沮喪萬分。我並不怨恨整垮日宣美的元凶，畢竟當時流行造反有理，所有事物都需打垮。

我越來越常請假，不去夜總會上班。後來連續請假一星期，不好意思露臉，結果就自動失業了。

4 ─── 金字窮光蛋

無需多言，孤僻陰鬱性格是在人和人的相對性理論當中逐漸形成，沒有人是打從娘胎出生時，就是徹底晦暗的性格。陰鬱性格的形成，必須是自己的精神和肉體、境遇、所處環境等，遭到差別待遇、輕蔑等與他人不同等的條件，而

且還需有能夠充分認知到這些狀況的能力，呆頭呆腦的二愣子是無法養成陰鬱性格的。在這些條件之下，自我意識過高的人十分有利。此外，當然還需要周圍人士的協助，最後就得看運氣、老天爺是否賞臉了。

性格陰鬱的人通常不幸嗎？其實這又是一種相對性，無關幸福或不幸，甚至可說，沉浸在陰鬱氛圍的時間反而舒適愜意。想太多的人，放任自己拚命亂想的時候，其實心情最為暢快，土耳其澡堂陪洗女郎千辛萬苦賺的賣肉錢，即使被皮條客全數掏空，甚至遭到毒打、被逼吸毒嗑藥，生活仍是感到安逸痛快。這就是人。

自己沉浸在陰鬱氛圍的時期，是一種快感。或許我的個性真的陰鬱孤僻，但是，即使經歷母親殉情、窮到脫褲子、感染急性熱病、差點一命嗚呼等狀況，我的個性還是沒有那麼陰鬱。

導致我的個性陰鬱孤僻的關鍵是小學四年級時。那年三月中旬的春假，我嚴重感冒，病情遲遲未能好轉，四月新學期開學時，我還得請假將近一個月，等到感冒痊癒，終於能去上學，發現同學都對我疏遠冷淡。我想和同學一起玩耍

神様
n Books
昭
kira
トスキャンダル
Graffiti

時，所有的人都對我不理不睬。

體育課通常是打軟式棒球，我發現沒有人願意碰觸自己握過的球棒，最初，我只是感到不對勁；後來，我開始躲得遠遠的；最後，我乾脆不去上體育課。老師似乎認為我的感冒尚未痊癒，沒有任何懷疑。

其實我已經完全康復，活力充沛，所以裝病裝得十分痛苦。我總是躲在校舍的陰暗處，困窘無語地看著同學開心地玩著軟式棒球。

當時在我們村裡，因為資訊不足，將肺結核稱為「肺病」，以為無藥可醫，甚至迷信認為這種疾病會親子代代遺傳，是一種駭人的疾病。不過，這種想法不全然是迷信，許多人因為肺結核而死，也曾傳染給自己的孩子。

死去的母親就是肺結核重症，弟弟也曾罹患輕微的肺結核。每次進行結核菌素皮內測試，我都是呈現陽性；之前的X光檢查結果，醫生甚至告知我的肺部有陰影。總而言之，村裡認為我家應該有肺病病史，這種村民的懷疑明顯展露在孩童的態度上。

我請病假的原因變成罹患肺病。大家以為只要觸碰就會傳染到肺病。無知實

在可怕。

學校的同學，即使不排斥和我說話，但只要是我觸碰過的物品，不僅是球棒，都絕不觸碰。我實在無計可施，只好盡量不碰觸公用物品，也不輪值午餐值日生，也不參與掃除。沒有任何人對我明說「因為你罹患肺病」，我只能對同學的惡劣態度感到滿腹不解，逐漸地，我獨自一人畫畫的時間越來越多。

小學生活即將步入終點時，這個誤會才終於解開，然而我的陰鬱孤僻個性已經充分形成。小學畢業之後，當時的朋友，我從未再見。

當時的境遇總會造成後續影響，我非常不擅長團隊合作，每次遇到團隊合作，我總是設法避開。此外，我也不擅長運動。升上國中之後，即使是鄉下學校，棒球、網球等社團總是熱鬧非凡，不過我參加園藝社團，成天像個老人一樣呵護花花草草。

此外，我也不敢跟公司請假太久。一旦請假多日、恢復上班之後，我就擔心同事會以不同的眼光看待我，結果不敢去上班。上述長串的說明，是為了解釋因為這個理由，在請假一星期之後，我不好意思再去夜總會宣傳課上班了。

但是正值盛夏，失業的我在西曬嚴重的四帖半房內無所事事。酷熱的天氣，想去喫茶店吹冷氣消暑，卻口袋空空。

生活費用都靠同居人張羅。我睡到快中午才起床，同居人已經出門不在家。桌上擺著兩百日圓，紙條寫著白蘿蔔、雞蛋、豆腐。等到黃昏時，我總是帶著兩百日圓前往超市購物。

一個月之後，我開始厭倦失業生活。但是，進入公司任職，肯定仍是無法適應；於是，我尋找能在家做的工作。

我找到一份製作裝飾品的工作，在玻璃上貼金箔，描繪古董車、花、老虎等圖案。

我根據報紙的徵人啟事，前往代代木的事務所，發現幾乎都是主婦前來應徵，只有我一人是男性，感到相當難為情。最初必須支付課程學費和道具費用，並接受講習。結束講習之後，購買圖面和金箔，帶回家中製作。圖面是說明金箔在玻璃和圖案上的張貼之處。雖然是金箔，一張金箔約一日圓而已。成品拿到事務所，接受一張一張的仔細檢查，沒有通過檢查，事務所就不付錢

購買。

每天勤奮製作也賺不到幾個錢，於是，我決定製作講習時教導的金文字。不過，我必須自己跑業務找客戶，所以走遍大街小巷，探訪不動產公司或當鋪。我幾乎都吃了閉門羹，最後，終於有一間當鋪願意委託我在玻璃門上描繪金文字。

「費用多少呢？」

「嗯……一個字三千日圓。」

「三千日圓！全部就要一萬五千日圓，這麼貴啊！」

「因為……用金寫成的嘛。」

「金啊，說的也是，看來這筆錢省不了啦。」

我在玻璃門上勾勒字形，再一張一張地貼上金箔。我在玻璃門背面，以油漆塗滿文字部分，乾了之後，再洗掉文字周圍的金箔，就大功告成。當鋪老闆從頭到尾盯著我工作。我小心翼翼、極其慎重地從包裝當中取出一張一日圓的金箔，屏氣凝神地貼上，只覺得自己像個騙徒。

神樣

Books

昭

kira

トスキャンダル

Graffiti

工作告終，領了一萬五千日圓，當天晚上，我和同居人享用了一頓大餐。

5 浪漫大街的看板畫手

失業幾個月之後，我得知夜總會熟識的友人，在池袋的粉紅沙龍擔任店長。

我認識他時，他正好是店內的總經理，常常請我吃飯。

我造訪池袋的這間店，對方建議我既然失業，不如幫他的店製作看板。雖然我未曾畫過看板，然而手頭缺錢，只好硬著頭皮接下製作看板的工作。

對方為我引介這間店的社長，很巧，社長也出身岡山縣。

「岡山是個好地方啊，我盤算著一定要回岡山開店呢。」

社長操著一口濃厚的岡山腔。

「同是老鄉，多多加油啦！」

於是，我接下這份看板的工作。然而卻苦無能夠作業的場所，只好在自己四帖半大的房間繪製看板。

我購買夾板和細木條，首先製作看板。在榻榻米上作業實在不方便。看板完成之後，貼上畫紙，用水性油漆畫上圖案和文字，再包上塑膠布就大功告成。黃昏時刻，我搭乘電車載著看板來到店裡，然而看板上寫著「百發百中男，花冠女郎保證助您一舉升天」，著實令人害羞，所以我包上報紙才搬運出門。下班時間，電車內擁擠不堪，引來其他乘客厭惡唾棄的眼光。

一張看板製作費用是三千日圓，我以一張三小時的製作速度量產，幾乎從不打草稿，除了池袋店之外，另有兩間連鎖店，看板的需求頗大。

不久之後，在做為事務室和更衣室的店內地下室中，社長為我開闢一方作業空間。我終於不需再以電車搬運看板，心情放鬆不少。

每天開店時，我都前往地下室工作。由於店內正值營業時間，地下室多半只有我一個人，十分空曠清閒。

不過，三不五時仍然有人走進地下室。當新進酒店小姐入店時，店長會在地下室進行教育訓練。

「你、你把我當做客、客人。」

の神様
n Books
昭
kira
トスキャンダル
Graffiti

店長說話有些結巴。他身形肥胖，經常汗水淋漓，年紀大約四十歲。

我畫著看板，斜眼觀察新進酒店小姐的訓練狀況。店長要求女子坐在自己的大腿上，戴著戒指的雙手摸著女子的大腿。耳邊傳來店長急促的呼吸聲，我專注地畫著看板。

「末、末井啊，以、以後看板上改放照片啦。這、這、這個女孩，她願、願意脫，幫她拍照吧。」

店長說完，交給我一位酒店小姐。在地下室，這位酒店小姐脫光衣服，由我掌鏡拍照。店長從旁指示拍照姿勢，仍然不時觸摸著她。

店長自豪表示自己有入珠，因此所有小姐都願意死心塌地跟著他，店裡的小姐，幾乎都是他一手挖掘栽培的。

偶爾，酒店小姐會哭著奔下樓來，衝向更衣室更衣。店長慌張地飛奔過來，安慰酒店小姐。

「那種事，人家、人家做不來啦。」

店長哄著心不甘情不願、哭得梨花帶淚的酒店小姐，重新換上晚禮服，帶回

店內。店長的工作也不輕鬆啊。

偶爾，也有客人被帶到地下室。

「實在是太貴了吧！」

「你該玩的都玩過了，一句沒錢就想白泡啊。」

經理鐵拳伺候客人。我雖然在意，仍然拚命專注地畫著看板。

耶誕節時期，價格翻倍，香檳需要事先預約，所以我必須經常更換看板或店內的告示，每天都工作到深夜。

地下室未裝暖氣，寒氣逼人。凍僵的手畫著看板，聽到樓上店內傳來吵雜喧鬧的聲音，

「熱水真不錯，啊，就是這樣，熱水真舒服，啊，沒錯，就是這樣，小弟弟小妹妹，小弟弟小妹妹……」

「可惡！」

這時候，我懷抱著有如革命的心情，樓上樓下，風情大不同。身處於地下室的我義憤填膺地想著，「再吵啊，再鬧啊，所有人都壞掉算了！」

那年的聖誕節，黑頭盔團設置的聖誕樹炸彈，晚上七點十五分在新宿追分派出所爆炸（我的小叔和這個事件有關聯，當時我並不知情。不過，這是和我相關的第二件爆炸事件）。

後來，店長會對我說「你賺得不少吧，借點花用吧」。這時，我開始有點討厭店長；不過，沒過多久，店長就辭職了，但是卻跳槽到正對面，同是粉紅沙龍，同樣擔任店長。他仍然請我繪製看板，我難以推辭，於是同時為兩間店繪製看板。

夾在兩間相互爭奪顧客的粉紅沙龍之間，我左右為難相當難受。社長也開始酸言酸語。

「你幫對面那間店畫得那麼漂亮，我們也要跟他們一樣喔。」

雖然我繪製的看板敷衍了事，不過評價不錯。別間店看到了，也委託我製作。雖然，社長勸我別為其他店繪製，不過，我仍請粉紅沙龍提前開門，讓我工作。

曾幾何時，池袋的浪漫大街上，到處林立著我描繪的相同看板。

店家也委託我製作傳單等印刷物。傳單印刷一張兩日圓，交件時收取十日圓。製作一萬張的話，可賺取八萬日圓的利潤。

這些錢啷噹入袋，我瘋狂地前往從未光顧的夜總會和粉紅沙龍。

我邀請入珠的店長一起體驗粉紅沙龍之旅，池袋、上野、蒲田、五反田……。當時，粉紅沙龍不似如今風光不再，每間店內都賓客如雲。

在粉紅沙龍當中，酒店小姐拉下褲子拉鍊，掏出陰莖，手握進行動作。這時，有些人為了避免弄髒褲子，會脫下褲子和內褲、拉到膝蓋。這時，麥克風突然傳來：「十三號美香小姐，三號桌客人指名點檯，快快有請！」於是，美香小姐拋下一句「客官請稍等喔」，就飛奔轉檯到三號桌。留在座位上，陰莖赤裸外露的客人，雖然有擦手巾掩蓋著，但卻遲遲不見美香小姐歸來。陰莖上蓋著擦手巾的男客，垂頭喪氣坐著的光景，散發著無比的哀傷。

雖然我也有陰莖上蓋著擦手巾的經驗，不過，腦中浮現的是在地下室哭泣、被撫摸、全身脫光的酒店小姐，或是被經理揍得鼻青臉腫的客人，所以很難熱情投入。

1 藤原勝之：一九四二～。北海道札幌市出生。日本藝術家。

2 一九七〇年代，日本極左武裝團體東亞反日武裝戰線主張反日亡國論，策動三菱重工爆破事件等一連串的企業爆破行動。

3 横尾忠則：一九三六～。日本藝術家、平面設計師、作家。一九九七年獲頒紫綬褒章。

4 粟津潔：一九二九～二〇〇九。平面設計師。一九九〇年獲頒紫綬褒章。

5 馬素・麥克魯漢：Herbert Marshall MaLuhan，一九一一～一九八〇。加拿大哲學家和教育家，現代傳播理論的奠基者。

神様
n Books

昭
ira

50

スキャンダル
Graffiti

エロス

God of F

末

Su

素敵なダイナ

Dynam

)神様

n Books

昭

:ira

52

スキャンダル

Graffiti

Act 2.

ニューセルフ マイセルフ チャンス

1 開辦色情書刊

早上起床，洗臉刷牙，勉強擠進沙丁魚狀態的電車前往公司上班。下班之後，絕不繞道其他地方，直接回到房貸還未繳清的家中，喝著啤酒觀看棒球比賽，每星期固定和妻子行房一次，每天的生活平穩安定。有些人心甘情願地過著這種生活，有些人則無法忍受，認為自己的人生怎能如此平凡無奇。

解決這股難以消解的不滿欲望，需要的是非日常空間，因此土耳其澡堂、賽馬場、夜總會、粉紅沙龍才會如此門庭若市、熱鬧滾滾。

粉紅沙龍的方式就是設法麻痺一般人的常態感受，音量調到最大，燈光調暗，女郎脫得精光，不斷敬酒，巧妙地麻痺金錢感覺；若非如此，客人絕對不肯輕易地掏出兩萬、三萬的大錢，只會槓上經理，質疑自己被仙人跳，當做冤大頭。

然而，這些場所並不會消除不滿欲望，只能麻痺常態感受而已。所以，待在粉紅沙龍，那股不滿欲望不僅繼續存在，甚至產出更多欲望，出入的客人繼續

帶著那股不滿欲望，回到日常生活當中。

池袋西口的浪漫大道，四處林立著我所繪製的看板，我賺得口袋滿滿，於是經常涉足粉紅沙龍。手頭闊綽就直奔粉紅沙龍，雖然覺得自己是窮人裝闊的心態；不過，那是一種基於當時的自己和粉紅沙龍合作而產生的反作用力。雖說如此，我的內心一直焦躁不已，所以在工作結束之後，仍在夜幕低垂的池袋流連忘返。

相較於現在，當時的池袋街區，整體更為昏暗，粉紅沙龍、脫衣劇場、全裸攝影棚、土耳其澡堂的紅色招牌閃爍不停，氣氛怪異詭譎。側眼瞄到全裸攝影棚的門前，女人正向著自己招手，我假裝視而不見、快步走開，手卻不自覺地伸入口袋，確認一萬日圓紙鈔確實存在，猶豫著是否應該放膽折返，不過最後仍然轉身離去。我在池袋街區徘徊遊蕩，不滿的欲求卻越來越高漲，最後甚至覺得自己像是個犯罪者。當時，我相信犯罪者一定都是欲求不滿。

繪製看板的工作委託接踵而來，我的繪製技巧越來越純熟，速度越來越快。隨著速度的提升，我的腦中不再有任何設計、插畫的意義或表現想法。或許，

我已經心生放棄，認為想要運用看板進行表現，根本是癡人說夢。

就在此時，任職於青山某色情書刊出版社的友人來電聯絡，我才得知這位友人任職於出版社，他是一位攝影師。以前，我曾在夜總會與他共事過，經常讓酒店小姐脫得精光，拍攝像是立木義浩風格般的照片，並引以自豪。我和這位友人都愛好藝術，經常在喫茶店高談闊論。

友人在電話中告知將有新雜誌問世，詢問我是否願意繪製插畫。這是我和色情書刊的初次相遇，在這次的因緣際會之下，我和色情書刊展開長達十年的情緣。在此奉告各位讀者，一通電話足以改變人生命運，千萬不可大意。

友人委託繪製的插畫，幾乎算是友情贊助，全權交給我自由發揮。老實說，我非常開心，於是長期壓抑在內心蠢蠢欲動的念頭，一直只能低調表現的不滿欲求，瞬間爆發，呈現出自己也難以理解的晦暗插畫，帶著原稿作品前往喫茶店交給友人和總編輯時，我羞愧地想找個地洞鑽入。

這幅插畫作品刊載於《YOUNG V》創刊號。當雜誌發行上市時，我興奮地巡迴各家書店。

我繪製的四頁插畫夾在全裸照片之間，飄盪著異樣的氛圍。如果是現在，任何人投稿同樣的作品，我絕對不會採用。或許當時的總編輯具有一顆包容的心，也或許他是一位得過且過、不講究細節的人。

逐漸地，我陸續接到設計封面、排版、採訪報導、劇畫、漫畫等委託，忙得不可開交。隨著雜誌的工作越來越繁忙，看板繪製則越來越敷衍了事，接到委託也置之不理，於是粉紅沙龍轉為委託看板公司。

雜誌的工作並不輕鬆，要求短時間迅速交件，酬勞低廉，不過卻沒有任何條件限制。委託的工作多半是需要臨時救火的內容，只要明天能夠交件，隨我發揮，總之就是「超急件」。

每天熬夜繪製插畫、排版，忙得焦頭爛額、應接不暇，沒料到就在此時，那間出版社破產倒閉了。稿費都是以遠期支票支付，將近百萬日圓的支票都成為廢紙。我不敢相信竟然有這麼荒唐誇張的事情，捨不得丟掉這些支票，前往銀行打算存入帳戶，結果銀行只是蓋章，然後就將支票還給我。我試著聯絡編輯，只知道社長行蹤成謎，對方也愛莫能助。

編輯也得過日子，大家各奔東西，轉任到不同的出版社，我接到的工作委託比以前更多。我記取教訓，避免重蹈覆轍，再度遭遇破產倒閉。然而，在那之後，我還是被相同命運捉弄，兩次是出版社，一次是印刷廠。

即使百般留意，破產倒閉總是殺得你措手不及，根本無以防範。當我帶著委託的原稿前去出版社時，發現大門深鎖，不得其門而入。雖然覺得有異，仍然先找間喫茶店，癡癡等待一個多小時之後，再度回到出版社大門前，仍舊是大門深鎖，不見任何人影。我不知道如何是好，只好打電話到編輯家中，才得知出版社的支票跳票，社長下落不明。我不禁怨恨不負責任的編輯，如果能在繪製原稿之前通知，我就無需辛苦熬夜趕工了。

因著這些慘痛的教訓，從此我認為出版社遲早都會關門大吉，直到如今，我仍有這種先入為主的觀念。

我也開始承接塑封本的委託。當時尚未稱為塑封本，而是袋裝雜誌。塑封本多半是色情書刊出版社的業務人員，在獨立創業之後所製作的產品。事業成功之後，每個人都穿起筆挺的西裝，開著進口汽車，開會場所選在高價昂貴的俱

樂部，或是購買獵槍、電子琴，撒錢方式大同小異。

當時，國外進口的色情雜誌非常搶手，所以這些人乾脆自製類似進口的洋雜誌。我接到委託，製作了兩冊。

我們雇用一對外國男女為模特兒，在賓館進行拍攝。一旦超過約定時間，外國人非常斤斤計較，等到模特兒仲介說著「Business, Business」（工作，工作），外國人才不再吵鬧。然而沒過多久，又開始嚷嚷著一長串聽不懂的英文，仲介再度安撫說著「Business, Business」（工作，工作），兩人才又安靜下來。

如果賓館的水晶吊燈、旋轉床入鏡，將洩露拍攝地點是在日本，所以照片幾乎只裁切身體部分來製作，內容文字則隨意切割剪貼《花花公子》的報導，懂得英文的讀者，肯定認為這本刊物的內容亂七八糟、毫無章法。

我曾經接到排版要求是上下分開的方式，這是為了在印刷製本之後，從正中間裁切，就能製作成總計三種的刊物。我極為佩服這個想法，也覺得這些人實在不尊重雜誌。但編輯絕對想不出這種手法。

神様
n Books
昭
ira
スキャンダル
Graffiti

雜誌最初的工作委託內容都是任憑我自由發揮。然而，自由發揮反而令我困擾，明明內心有著無數想要大手筆表現的想法，卻無法順利具體呈現，導致心情更為焦躁，在公寓房內、在喫茶店絞盡腦汁，陷入長考。

不過，當我帶著絞盡腦汁繪製的作品交給編輯時，對方似乎頗為滿意，只是我覺得內心空虛。自己隱約知道那些想要表現的事物根本缺乏獨創性，我所擁有的只是想要表現自己的欲望而已。

換句話說，就像是戀愛，即使深愛著對方，希望對方了解自己時，只能靠著和對方一來一往的對話。戀愛就是一種相互的自我表現。我不知道這種說法是否正確，女人的想法說不定完全迥異。

我再也沒有想要表現的事物了，或者可說我終於了解自己從來沒有想要表現的事物。於是，我再無雜念，只是專心一意、想方設法地迅速繪製符合編輯要求的作品。

我無法打造出屬於插畫家的風格。然而，打造風格如同創立品牌，想要闖蕩天下，絕對需要品牌。於是，我購買《插畫年鑑》，根據工作委託內容，尋找

適合項目，有樣學樣地畫出類似風格。

插畫或排版，我也練就一番速戰速決的功夫。所以，時至今日，我都能囂張地挑剔別人「動作太慢」！

2 嗚呼！榮光的《NEW SELF》

在神田的舊書店，據說雜誌《NEW SELF》的行情已經飆到三萬日圓。尤其是禁止發行的最後三期，舊書店老闆非常困擾，不知道應該如何標價。

我是總編輯兼發行人，所以感到十分自豪，在各種意義層面上，《NEW SELF》是一本劃時代的雜誌。

當時的色情雜誌總計分為六大類，一是使用新聞紙、以活字為主的真實敘事雜誌；二是凹版印刷的全裸寫真雜誌；三是色情劇畫雜誌；四是週刊形式的全裸照片，加上真實敘事和色情劇畫的色情綜合雜誌；五是ＳＭ專門雜誌；六是袋裝雜誌。所有雜誌的設定目標對象都是做體力活的工人。

當時日本的工人並未異常繁殖，數目和現在也沒有多大變化，即使如此，所有種類的色情雜誌，目標對象都是針對工人。

有一次，我曾經聽到編輯表示，「反正讀者都是工人，這些人什麼都不懂。」尚未認識這位編輯之前，我從未想過色情雜誌的目標對象是工人，其實應該說讀者從來未曾納入我的考量範圍。

某個時期，左翼的年輕人流行當工人，甚至還有描述工人生活的歌曲〈山谷藍調〉。即使是極度流行的時代，我仍未對工人有任何興趣。除非例外，工人都是傻子。傻子沒有錯，但是我討厭傻子。

我不明白色情雜誌為何選擇工人做為目標讀者，觀察眾家編輯，也看不出他們喜歡工人。

有些編輯目前製作這類雜誌，但是從前是在中央公論任職，或許正盤算著該是重返普通編輯的時機了；有些編輯則是在撰寫小說。許多編輯認為飲酒作樂是最開心的時候，但是和這些編輯把酒言歡時，他們總是談些高深艱澀的論調，實在令人困擾；我不禁想起以前在夜總會宣傳課共事的設計師，他曾在某

間廣告公司任職，也是一位熱愛大放厥詞的人物。

我不太喜歡編輯，我曾經祈求老天爺，千萬別讓我當上編輯。

就在此時，透過袋裝雜誌認識的森下先生，詢問我是否願意嘗試編輯色情雜誌。雖然可能有許多人不認識森下先生，但是我省略細節說明。總之，現在他是白夜書房的社長，是我內心暗自尊敬的傑出人物。

森下先生展示的雜誌樣本，在分類上，算是週刊形式的全裸照片，加上真實敘事和色情劇畫的色情綜合雜誌。稿費加上編輯費總計三十五萬日圓，著實令我動心，我認為能夠賺到大把鈔票。不過結果是赤字虧損。

總之，那時只覺得似乎是一門賺錢的生意，我當上自己原本極度厭惡的編輯，可見金錢力量之大。版型和頁數遵循樣本設定，印刷部分，除了彩色之外，都採用凹版印刷。這種全本凹版印刷的方式遠遠早於《POPEYE》，算是十分新穎的做法。

或許以往的色情雜誌的目標讀者是工人，所以認為銷售秘訣在於刻意營造的猥褻氛圍。排版雜亂無章，標題文字是穿著內褲的美術字。我並不認為簡潔美

神様

n Books

昭

ira

スキャンダル

Graffiti

觀的排版具有任何意義，不過，我製作簡潔的版面，標題全部使用照相排版文字。雖然，這件事情拿來說嘴毫無意義，然而標題全部使用照相排版文字，這是色情書刊前所未見的嘗試。

創刊號不同於以往的色情雜誌，目標為美觀有型，發行五萬冊，銷售超過八成。然而，銷售超過八成，居然還赤字虧損，我深感情況不妙。

不久之後，森下先生創立SELF出版公司，邀請我加入。於是，相隔五年，我重新成為公司員工。

雖然《NEW SELF》的銷售狀況相當不錯，然而繼續如此，自己想必無法覺得快樂。而且，我感到自己哪天喝醉了，會像那些編輯一樣，開始說些艱澀難懂的話。所以，當我成為公司員工之後，立刻調整《NEW SELF》的編輯方針，計畫打造出一個開心工作的環境。

在我的想法當中，我打算將自己參與涉獵過的色情雜誌都化為諧仿。工人不再是讀者，我打算宣示在色情雜誌領域，工人是至高無上的神。我約略想像著，如此一來，應該能夠獲得全然不同的新讀者，反正即使賣況不佳，也和我

無關。

我知道紀伊國屋、旭屋、三省堂等書店絕對不願擺放這本雜誌，所以乾脆擺上「在紀伊國屋書店絕對買不到這本雜誌」的宣傳文案。反體制風格的說法，這是來自遭到歧視的色情書刊的反歧視。

如果無法徹底像是一本色情雜誌，則難以交代，所以所有彩色頁面都刊載全裸照片。露毛照片會招惹警方關心，所以陰毛剃得一乾二淨。不過，這種方式並非我的發明，最初是某位女模特兒前來拍攝時，就已經事先剃掉陰毛，或許她本來就無毛，總之我不清楚她剃掉陰毛的理由，但是效果奇佳。需要隱藏的部分不及以往的一半。我們感到無比興奮，想著往後將毛剃光光就行，結果又被警察傳喚，指示原本有毛之處，必須全部覆蓋隱藏。

全裸之外的頁面，逐漸增加非實用性的報導。我拜託自己喜歡或深感興趣的人士協助撰文。委託寫稿時，我總是開宗明義地說明「這是一本色情書刊……。」想當然耳，對方立刻回絕。我不輕言放棄繼續遊說，多半的人士仍然堅決拒絕。縱然遭到拒絕，對方的反應實在有趣，所以我繼續進一步表明，

「這是一本色情書刊……」我甚至想過每個月刊載遭拒的名單，不過玩笑也得有限度，所以並未真正執行。

這個時期，色情書刊處於過度期。色情雜誌的資深編輯當中，逐漸有新血加入，讀者也從工人轉為學生。《NEW SELF》剛好搭上這波潮流，因此不斷增添非色情的報導，仍有越來越多的讀者深感興趣。

不過，我幾乎不曾考量過讀者，反而是對編輯具有強烈的對抗意識，總是在意編輯，常想著如果推出這種雜誌，不知道某編輯會如何評價。而且，即使讀者從工人轉變為學生，為讀者思考一點也不有趣。我有股莫名的自信和抗拒意識，總覺得創作自己樂在其中的刊物，自然會有讀者追隨。

即使是現在被問到讀者的問題，我仍然感到困惑。針對問題「讀者群是哪些人呢？」我的腦中就是無法浮現任何讀者印象。總之，我不知道是哪些人購買雜誌，反正感覺就是賣得不錯，謝謝願意掏錢購買雜誌的各方人士，相信其中必有工人吧。

您好。幼小時，我在學校運動場的棒上磨擦那話兒、獲得性感覺之後，直到現在，我的那話兒都還包著皮，每天必須打手槍；而目前那話兒都站不起來，因此感受不到任何性感覺，獨自一人承受著痛苦。即使如此，我仍然渴望女性的各種陰戶或膣屄，只是通常無法出精，擔心自己或許終生腎虧，深感落寞。在下生有一女，某日偶然撞見女兒的膣屄。畢竟是寶貝女兒，我無計可施，渴求能夠獨自享樂的物品，即使是人偶也無妨。於是，我想起書中曾有加熱蒟蒻、再挖洞摩擦的情節，於是放手一試，卻毫無效果。請送一人過來，地址如右。

《NEW SELF》會收到這類意義不明、像是工人寄來的信件。我讀著這些信件，感到開心無比，心想世上的人真是無奇不有呀。

神様

n Books

昭

kira

トスキャンダル

Graffiti

3 奇人異士登場

我是總編輯兼發行人，這是可以拿來自豪說嘴的頭銜；不過《NEW SELF》是偉大的雜誌，因為受到眾多偉大作者的支持，我認為這是一個無需謙虛的事實。

從創刊號開始，每個月都為雜誌撰寫散文的田中小實昌[1]，當他寫好稿件時，總會來電聯絡。寫好的稿件不是擺在新宿黃金街的居酒屋，就是置於淺草的居酒屋。每次取稿都像是一場尋寶遊戲。有一次取稿，甚至還到大久保暗巷內的賓館。當時我還能有閒情逸致的餘裕，走訪各處拿取稿件，可謂一大樂趣。

我邀請嵐山光三郎[2]撰寫〈性生活改善講座〉。嵐山先生對我大方表明自己製作的是「色情雜誌」，認為是再恰當不過的表現，對我大為讚賞。對於模特兒剃毛一事，他也表示贊同。

最初委託嵐山先生撰文時，我表示文章的插圖「打算邀約（安西）水丸[3]先

生」，嵐山先生在電話那頭說道，「水丸很貴耶，」我一時不知應該如何是好，於是接著詢問，「您覺得南（伸坊）先生如何呢？」「喔，南兄很便宜的，請他免費做都沒關係。」所以，插畫立刻決定請南伸坊伸出援手。

雜誌也承蒙秋山祐德太子[4]的多方協助。在〈事前運動訪談〉中，他前去採訪林寬子[5]、凱洛琳洋子[6]、齋藤惠惠[7]等人，詢問他們對於下一任都知事有什麼期待。這些受訪對象在不知道是哪本雜誌的狀況之下，面對頭戴安全帽、斜披彩帶的祐德太子，縱使滿腹狐疑，仍然真誠受訪。

這些報導，或是現場訪談、對談，都是報導記者梅林敏彥加以統整。

前往採訪三上寬[8]時，對方突然提出「我想和福男對談」，結果翌月開始，他和當時拍攝驚艷全裸照、曾擔任荒木攝影助理的池田福男開設專欄「三上寬・池田福男的突襲驚艷體談」。與其說是對談，不如說目的就是要剝光女性來賓的衣服。

赤瀨川原平[9]堅持既然是專業雜誌，就必須撰寫相關內容的文章。於是，他的文章是打字員性交的故事。雖然打字員性交的故事，讀者在讀完之後很難感

神様
n Books
昭
kira
トスキャンダル
Graffiti

到興奮。然而，赤瀨川先生的這份堅持實在有趣。

每週五，編輯部總是傳出陣陣女人的聲音「啊～哈！」「已經全數盡出了啊」「對啊，沒有男朋友耶」「嗯，很有感覺喔」，惹得所有職員根本無法專心工作。因為看到〈兼職新聞〉前來應徵的娘子軍，正在和讀者講電話。讀者看到《NEW SELF》刊載的照片報導「渴求戀愛、四處流浪的寂寞女子齋藤良子（十八歲，學生）歡迎來電」，所以紛紛來電。

第一次與荒木經惟見面也是在這個時期，我前去取稿時，國鐵和私鐵都罷工，所以只剩下都電這項交通工具，能夠抵達荒木居住的三之輪。反正時間尚早，所以我悠閒地搭乘都電，前往三之輪取稿。不疾不徐、緩緩行駛的都電會經過民宅後院般的區域，深得我意，我十分享受取稿之旅。

在播放歌謠的喫茶店裡和荒木先生碰面。荒木先生將原稿丟到桌上，扯著嗓子說道「你看看吧」。我生平頭一遭從作家手上取得稿件、就當場拜讀；以往我都當做寶貝似的、小心翼翼地收進手提包內。

高信太郎[10]、上村一夫[11]、友川典司[12]、塔摩利[13]、粉紅淑女[14]等人，都曾接

受過雜誌訪談。

安西水丸、林靜一[15]、鈴木志郎康[16]、佐伯俊男[17]等人也都曾以散文登場。這個時期，悲歌手電子舞曲樂團的團長卷上公一[18]也曾為雜誌撰文。平岡正明[19]在雜誌上連載艱澀難懂的論文《體力論性欲篇》。當時，平岡先生每週前往池袋的空手道極真會本部練習，所以我經常到附近的喫茶店取稿。平岡先生一邊和人談天，一邊仍能不假思索地下筆寫出深奧的論文，著實令我佩服萬分。

認識奧成達[20]之後，〈中華涼麵〉開始連載，於是，雜誌中突然出現一個治外法權區域，在狀況尚未釐清之前，上杉清文、平岡正明、伊達政保[21]、山口泰、長谷邦夫[22]等人就陸續進駐。後來，進而發展成為雜誌《小說雜誌》。除此之外，雜誌曾經邀請吉田光彥[23]連載插畫。我非常欣賞和清水節子[24]對談的窪園千枝子[25]，她也當場表演潮吹。

來到這個時期，我已經無法分辨雜誌究竟是屬於色情書刊、還是其他刊物。然而，船知慧的戀童情色小說、堤玲子[26]的小說等連載，以及部分全裸照片涉

及猥褻之故，警察來到雜誌社突襲檢查。

我絲毫沒有製作猥褻雜誌的意念，我都快要忘記猥褻是什麼概念了。在警察的提醒之下，才發現提玲子的小說當中，陰戶一字居然出現了三十六次。原來，猥褻這種事情，需要旁人提醒才會注意到啊。

稍事反省這些不當用詞之後，繼續嘗試挑戰禁忌，又再度遭到禁止發行的處分，最後《NEW SELF》在第十九期時，正式廢刊。

經過了七年，現在才寫下這篇編輯後記，衷心感謝各位人士的協助。

不過，真正的功臣是每個月大方張開雙腿、願意刮除體毛的所有模特兒。

謹向各位獻上最敬禮。

4 射精產業專門誌

讀者在自慰時，多半是以左手拿著色情雜誌。為了方便單手持拿，全裸照片通常不是大方地跨頁刊載，而是一頁刊載一張。小說等專欄來到高潮場面時，

則刻意放大或加粗字體，讓讀者能夠專注閱讀。總之，雜誌必須提供友善自慰的編輯方式。為了打造更完美無缺的色情雜誌，印刷完成的雜誌先請專業人士實際自慰試用。如果無法成功自慰，雜誌絕不上市銷售，算是一間深具職業道德良心的色情出版社。

所以，我稱色情雜誌為專業雜誌。色情也有各種不同要素，首先以是否有助於自慰加以分類。當然，巴塔耶[27]的情色論無助於自慰，所以不適合專業雜誌。

無庸置疑，我是欣賞巴塔耶的藝術青年。然而，從夜總會以來，我所從事的工作都是射精產業。我曾經試想，不知道有多少人是在我的協助之下成功射精。

《NEW SELF》即將遭到廢刊時，幾乎快要脫離專業雜誌之列。原因全都是我在編輯雜誌時的思慮不周。一旦脫離專業雜誌之列，就會淪為單純的藝術雜誌、寫真雜誌，或是以年輕人為對象的綜合雜誌。我就是偏愛雖然是專業雜誌，卻又不知道究竟是什麼種類的刊物。

圖解　蹦咚~色情書刊

蛭子能收　繪

Act 2. → 4

射精産業専門誌

エロ

God of

末

Sue

素敵なダイナマ

Dynam

有一位人士懷抱著滿滿的愛，稱呼製作專業雜誌的我們為「那些業界人士」。他就是三角形的南伸坊。南先生撰寫的著作《那些業界人士》當中，出現我和S君的姓名，此外還出現另一位S先生。這位S先生是我衷心景仰的對象，他的玉照甚至擺放在我的票夾當中，由此可見一斑。

色情雜誌相關的所有軼聞趣事，幾乎都刊載於南先生的著作當中，有興趣的人士，請自行購買閱讀。

雖然如此，我打算略為談談色情業界。不過，《傳聞真相》一九八一年五月號，曾經刊載過我的文章，標題實在語不驚人死不休——〈女體演出家的獨白〉，寫下業界流血流汗、歷經千辛萬苦的實情。內容雖然有些長，但我將引用如下：

*

> 岡留[28]先生請我寫下業界狀況時，我隨口應允。然而，真正打算提筆撰文時，卻不知道該從何下手。所謂的業界，誠如各位所知，就是色情雜誌業界。

我也是業界外、非合法公司「HAND-JOE」的成員。三角形的南伸坊常以第三者的立場，對業界抱持莫大的興趣，我有時候接受他的電話訪談。他常常對我的談話內容，給予趣味十足的評價。然而，我懷疑這些事情是否真的如此有趣，心想不同業界，對於有趣的評斷基準可能大為不同。

總之，對於維持生計的根源，不易以客觀態度視之；再加上我雖然身在業界，卻毫不熟悉業界的狀況。總而言之，《傳聞真相》風格的報導或資訊必須認真蒐集相關情報，我的這種想法過於馬虎隨便，態度實在傲慢又失禮。

自我辯解般的前言過於冗長，不過，只想請各位事先理解，接下來將立刻進入正題。

重點就是女人。土耳其澡堂、夜總會、日間沙龍、沒穿內褲喫茶店等所有場所，女人就是關鍵。好女人能夠左右興衰與否。這是色情業界的共

通點，在我們的業界也是同理可證，找到好模特兒，就能夠決定雜誌的命運。

許多人應該不知道新宿車站東口附近區域（以下略稱「東口」），對業界而言，就像是政治界的永田町，證券界的兜町。

除了週日之外，每天早上十點至十一點三十分之間的一個半小時，東口的喫茶店都被業界人士佔領。外界人士或許不易判別哪些是業界人士，哪些是非業界人士，所以常在毫不知情的狀況之下，夾在其中、悠閒地啜飲著咖啡。

分辨業界人士的方法並不存在，只能靠專業的直覺判斷。不過，大致可分為兩類。

生氣盎然，看似是不動產仲介型的業界人士，主要是塑封本相關人士。長髮、削瘦、看似過氣的文學中年型，肯定就是我所隸屬、經由代銷的色情雜誌相關資深編輯。閒來無事、愛湊熱鬧的人士可以抱持觀察社會的心情，在這個時段前來東口的喫茶店逛逛。

の神様
n Books
昭
kira
トスキャンダル
Graffiti

業界人士在這裡做什麼呢？簡而言之，就是討論雜誌彩頁的全裸凸版攝影。

拍攝通常是四人團隊，責任編輯、攝影師、攝影師助理、模特兒。四位成員見面討論的地點必定在東口。

選擇東口的理由是這裡最為方便。新宿有私鐵的小田急線、京王線、西武新宿線，以及國鐵的山手線、中央線等路線通過，模特兒幾乎都住在這些路線沿線。此外，新宿最容易找的地方就是東口的喫茶店。

此外，這裡也方便購物。底片可到就近的友都八喜、櫻屋等電器行。攝影不可或缺的服裝之一透明內褲，也能夠在三愛、高野、地下街 Subnade 購買。

交通方便，東口的地下設有大型停車場，容易銜接到高速道路。

所以，不知不覺中，東口成為業界的傳統。新員工都從混跡東口逐漸習得業界的狀況。

東口最容易找到的喫茶店是「清水」。即使是路癡的模特兒，也能夠找

到。SELF 出版社、SUN 出版、日本出版社等出版社，經常利用這家喫茶店。

偏愛光顧鄰店「聚樂茶室」則是七社、日本文華社、日本文藝社等老字號出版社。

稍遠處的「白十字」是東京三世社、司書房的上選；旁邊的「麥迪遜」則是孝友社、塑封本的北見書房，以及其他塑封本相關人員的落腳處。還有後面將介紹的真鍋製作公司的真鍋社長，「瀧澤」是 SUN 出版主要的出沒之地。即使是相同的出版社，派別不同，也會選擇不同的喫茶店。

辰巳出版、檸檬社（一九八二年九月破產倒閉）則是將拍攝全權委託攝影師，編輯並不到場，所以沒有固定利用的喫茶店。不過，仍然會在東口的喫茶店進行討論。

鮮為人知的喫茶店則是在西口的「和平」。獨家專屬的攝影師從其他出版社接案賺取外快時，就會來到這家喫茶店。

最近有些業界人士會聚集在「高野水果會客室」、「中村屋茶沙龍」、「小

蒙德」，不過仍是少數。

新宿方便的另一個理由是附近有賓館或一般飯店，不過最近很少用來拍攝。賓館的俗艷感，對讀者而言過於真實，近來並不受到歡迎。執拗地堅持在賓館拍攝，斬釘截鐵地表示「賓館才是名符其實的拍攝場所」，只有攝影天才荒木經惟。

一般飯店有京王廣場飯店、新宿王子飯店等，以前常在這兩間飯店進行拍攝。後來，飯店認為被用來做為全裸拍攝的場所，有損形象；因此發現持有相機或相關器材出入飯店的人，都會嚴格檢查，所以逐漸不再選這些飯店了。

拍攝團隊無法再利用新宿的飯店之後，改為出外景，最近特別流行出外景。尤其是許多年輕編輯，不知道原因為何，就是認為全裸拍攝的場所應該跳脫日常空間。而且，出外景的好處之一就是當模特兒撒嬌耍賴想要回家走人時，無法立刻脫身。

外景地點多半是相模湖方向、厚木橫濱交流道等，條件是附近必須有汽

車旅館。從新宿出發，抵達這些地點，至少需要一個小時的車程。出外景的理想狀況當然是一大早出發，然而對模特兒而言，早上十點已經是極限。模特兒都愛熬夜。

有些模特兒熬夜過頭，早上爬不起床。這些模特兒多半沒有責任感，通常選擇乾脆放棄，繼續倒頭大睡。倒楣的是癡癡等待的編輯和攝影師，打電話聯絡模特兒，催促趕緊出門前來拍攝，對方百般推託，藉口身體狀況有異、生理期、膚況不佳、臨時有事等，絲毫沒有幹勁。

遇到這種狀況時，編輯二話不說、就是立刻飛奔到「麥迪遜」。

難道是「麥迪遜」有什麼解方嗎？沒錯，「麥迪遜」駐守著真鍋大明神。

縱橫此道十多年，模特兒尊稱「大叔」的業界千石耶穌[29]、真鍋製作公司的真鍋社長，總是立刻挺身相助，協助斡旋模特兒，解決編輯被放鴿子的困擾。對編輯而言，真鍋社長是天神般的存在。

我很喜歡這位真鍋社長。

為了推銷模特兒，通常會有宣傳照。以前，真鍋社長秀出宣傳照，向我

推薦不錯人選，我接過一看，大吃一驚。

那張宣傳照中映照著幽靈般的模糊影像。這張彷彿靈異照片般的背面，印著模特兒姓名、身高體重，以及真鍋製作公司的橡皮章。社長看著照片中人勉強可判斷是人類的照片，淡淡地說道「光線太暗啊，拍得不清不楚」。從這個時候開始，我就喜歡上這位真鍋社長。

真鍋社長斡旋介紹、臨時上陣代打的模特兒，不一定是美女。雖然可能會影響銷售業績，然而，事到臨頭，也無法奢求。總之，當天如果無法進行拍攝，就趕不上付印。所以大家都心甘情願地接受真鍋社長介紹的模特兒。常有讀者投書編輯部，發洩不滿，寫著「找不到更好的模特兒了嗎！這種貨色，如何讓我們哥兒倆勃起！編輯部腦袋有洞嗎？」這類讀者根本不知道曾經發生這類狀況，才會肆無忌憚地投書批評。現在各位知道了，統統給我好好反省！

偶爾，會出現實力派人士，不仰賴真鍋社長，設法蠻橫奪走其他出版社帶來的模特兒。這些人士趁著編輯上洗手間，悄悄地來到模特兒耳邊嚼

舌根，說這間出版社的拍攝極為耗時，要求又嚴格，以前還發生過攝影師侵犯模特兒，酬勞都不立刻支付等。然後順勢提出酬勞加倍的條件，搶走模特兒。這樣聽來，這種人士像是大惡人，其實他只是對雜誌懷抱著強烈的責任感。

即使不強取豪奪，編輯也會詢問並記下模特兒的電話，做為下次工作委託的參考，這是業界人士的常識。編輯在喫茶店討論時，也無法安心離座去上廁所。

尤其最近鬧模特兒荒。相對於塑封本等雜誌逐漸增加，模特兒公司因違反兒童福祉法、職安法等，陸續遭到告發取締。現在只剩下「真鍋製作」和「天使」兩家製作公司。此外，讀者的胃口越養越大，不再滿足於以往的色情雜誌，模特兒不夠好，雜誌就會滯銷。所以，編輯之間當然會在意其他出版社帶來的模特兒。聚集在東口喫茶店的業界人士，就像是沒穿內褲喫茶店的客人，眼珠子總是咕溜咕溜地不停轉著，十分忙碌。

在業界工作的獨立攝影師，工作量並非仰賴拍攝技術，而是旗下是否有

の神様
n Books
昭
ira
・スキャンダル
Graffiti

好模特兒。因此，不僅是編輯，攝影師也都拚命挖角模特兒。

這些獨立攝影師，也會在同一時刻聚集到東口的喫茶店，像是鳥類遷徙般遊走各間喫茶店，交換資訊、搜尋模特兒、和編輯討論等。此外，在這個時段，攝影師之間還會交換相互擁有的模特兒，通稱「以物易物」。

從早上十點之後，東口對業界而言就是戰場。某位資深編輯，每天早上十點不是趕赴公司、而是到「清水」打卡上班。對業界人士來說，早上打招呼的方式是：「有沒有好貨色呢?」「不行啦，不行啦。」

早上十一點，各攝影班出發前往各自的外景地點。早上十一點半，東口重新恢復平靜。

「春假期間，我想打工耶。」

「大學生嗎?旁邊這位是同學嗎?」

「我的朋友。我不太放心，所以請他陪同。嗯，這是什麼樣的工作呢?」

「嗯，你是看了《YOUNG LADY》前來應徵的吧?我們主要發行以男性為對象的雜誌，就像是這種。」

「可以讓我看看嗎？……哇！怎麼是這種啦！」
「你看看，就跟你說吧，放棄吧。」
「嗯，工作並非全部都需全裸喔。」
「喔，這種的話，我可以耶。」
「嗯，這是封面，通常都是偶像藝人。」
「這樣的話，不需全裸的頁面是哪一頁啊？」
「也有穿泳裝的。」
「泳裝的話，我應該可以。」
「啊，嗯，內衣不行嗎？和泳裝沒有什麼不同嘛。」
「咦……人家才不要啦！」
「放棄了啦！」
「可是，如果是可愛的內衣，我想試試看耶。模特兒酬勞是多少啊？」
這是看到雜誌刊登的模特兒募集廣告、前來應徵的面試對話。這位大學女生應該會答應拍攝全裸照片，一起前來的同伴雖然不斷出聲干擾，但

神様
n Books
昭
ira
スキャンダル
Graffiti

是在面試之後電話聯絡，約定再次見面、經過一番遊說，應該會點頭答應穿著透明內褲拍攝。

「誠徵模特兒！雜誌凸版攝影模特兒，兩萬～八萬，當場支付現金，外景拍攝地點遍及海內外。」「女人的可能性，就是感光在我們負片上的稜鏡。誠徵模特兒新人。」「誠徵代言女孩。十八歲～二十四歲。非常歡迎地方人士，無經驗者也能輕鬆上手。」「誠徵模特兒，讓您的歡樂在雜誌上閃耀光芒。」「各種雜誌模特兒，輕鬆坐收高薪。」業界的出版社、攝影師、編輯製作公司推出的徵人廣告當中，不會寫上全裸。因此，當應徵者前來面試、看到雜誌之後，幾乎都打退堂鼓。這時，如何設法挽留，就得靠面試的技巧。有些攝影師會突然提出試拍的要求，直接當場拍攝。所以有時候應徵者在不知道是哪本雜誌的情況之下，答應試拍，後來就出書成為塑封本。

模特兒的酬勞，普通全裸的公定價格是三萬五千日圓，ＳＭ是五萬日圓。不過，最近開始出現價格崩壞的現象，原因來自於塑封本業界。

相較於使用多位模特兒、屬於代銷系統的色情雜誌，塑封本的模特兒幾乎只有一位。因此，模特兒的好壞，銷售狀況就會天差地別。當然，優秀模特兒能夠獲得加倍酬勞，優先採用。模特兒無法得知自己的照片用於哪本雜誌上，所以自然投向高酬勞的那方，這是資本主義社會下的基本定律。拍攝一次的酬勞十萬日圓，條件是需要撒尿，撇糞的話十五萬日圓，甚至還有出版社願意加發獎金，條件是抽拉衛生棉條。如此打壞行情的手法，實在是要不得。

色情雜誌可動用的預算，每間出版社各不相同，不過多半少得可憐。尤其像我是必須在拮据狀況中奮戰。

兩三年前，荒木經惟系列等的拍攝，打著藝術的名號，以一萬日圓、上限兩萬日圓的模特兒酬勞進行拍攝，跌破眾人的眼鏡。不過，現在以藝術為名已經不管用了。說到錢，只會導致心情越來越沮喪，就此打住。

模特兒的人品個性，大大影響拍攝時的氛圍。將其粗略分類，大約可分

為六類。

偽知識分子型，這類型的模特兒多半加入劇團。在等待集合的時間，模特兒會提早到場，看書等待。進行拍攝時，則會論述肉體論。拍攝結束之後，會被強迫討論海德格[30]、齊克果[31]等話題。

賢妻型，這類型模特兒學習多種才藝。在拍攝過程當中，會幫忙倒茶，摺疊整理用完的服裝。出外景時，會多做幾個便當帶來，令編輯和攝影師感激涕零。

厚臉皮型，這類型模特兒多半高中輟學。表情缺乏誘惑力，工作態度草率馬虎，內褲隨手亂丟，遲到慣犯。這類型的模特兒最常放鴿子，令人困擾。

遲鈍型，這類型模特兒對於自己究竟是拍攝什麼樣的照片，毫無自覺，也可能真心愛上攝影師。攝影師需多加小心注意。

不懂世事型，這類型模特兒多半是溫室的花朵，腦筋不壞卻容易遭人欺騙，對所有事情都深表佩服。

好色過度激烈派，一般的拍攝方式無法滿足這類型模特兒。

當然有些模特兒不屬於任何一型，但是幾乎都近似於其中之一。不過，這些模特兒在拍攝完成展現在照片上之後，個性都被剝奪，由照片標題賦予全新性格。

即使是高中輟學的暴躁類型，也能變成「現在是某女大學生，為了一遊倫敦，存錢圓夢。喜歡外柔內剛的男人。我有點淫亂喔。」我認為這是正義的謊言。如果寫出模特兒的真相，和平的自慰生活容易出現障礙。

因此，模特兒將被賦予讀者最期待的人格。不僅是照片標題，照片的拍攝方式也會改變印象。

一直以來，水手服是業界常用的服裝，最近由濃妝女子穿上水手服、豪放地大開雙腿的方式已經不受歡迎了。如果沒有清純、不自在、素人般的真實表情，雜誌就會滯銷。世上的男性或許越來越接近假性不舉。

表情清純的模特兒，瞬間就能成為月收入百萬的當紅炸子雞，成為各出版社爭搶的對象，不過壽命很短。一旦登上所有雜誌之後，會有一段時

の神様
n Books
昭
kira
スキャンダル
Graffiti

間接不到業界的工作。

然而，走紅業界之後，就能獲得《平凡一擊》、《花花公子》等主流雜誌的青睞，接到工作。登上主流雜誌，成為小有名氣的模特兒，就能接到業餘攝影師全裸攝影會的工作。攝影會的工作酬勞通常為十萬日圓。

不少模特兒反而不喜歡登上主流雜誌。模特兒金盆洗手的原因多半是被父母親或交往對象發現，所以反而不喜歡登上主流雜誌。停留在業界內工作，即使結婚，只要不被丈夫發現，仍有許多人妻模特兒能夠大量接案。還有一些偏激的女子，只要不露臉，身體任憑拍攝，甚至進行ＳＭ都無妨。

專業意識高漲的業界人士走在街上，將所有女子都視為模特兒預備軍，認為世上有這麼多的模特兒預備軍，卻無法全數納為拍攝之用，實在可惜。可是，編輯沒有向每一位女子開口搭訕、好說歹說的遊說時間。所以有些出版社會委託星探。通常多半是塑封本業界委託星探，搭訕方式不是遞上名片，而是秀出前述的誠徵模特兒廣告，再開口問道：「我是廣

告上刊登的出版社，請問您現在方便嗎？」以前，曾有一位娛樂界經紀人，向我諮詢模特兒星探的工作。

「就是、那個嘛，主要是前往上野，對不對？」

「上野不太……。」

「上野有很多蹺家的女生啊。」

「蹺家的人有點兒……。」

「給她們注射興奮劑就好啦。」

「不，不會那麼做啦。」

這位人士有點分不清狀況。不過，直到現在，仍有不少人認為模特兒都是被黑道人士強迫注射興奮劑，關在公寓房內以防逃走，然後趁機拍攝猥褻的照片。雖然，我個人還滿喜歡這種具有犯罪氣息的設定啦……。

業界的資深編輯冷眼幽幽地說道，「反正這行見不得人啦。」這種編輯不積極尋找模特兒，幾乎全權交給攝影師或製作公司。為了盡力找到更好的模特兒，我反而喜歡認真討論是否要去女子高校張貼廣告單，或是前

神様
n Books
昭
ira
スキャンダル
Graffiti

往東南亞花錢購買。此外，最近，這些成為模特兒的女子，有些異於常人的部分，我相當好奇。

5　色情書刊危機迫在眉睫

我剛開始繪製色情書刊的插畫時，色情書刊已經自立門戶，發展地有聲有色。即使發行部數不多，只要出版就能確實銷售。所以編輯總是老神在在，對於我交出去的各種插畫，來者不拒，全都願意採用。

在以往男人就是男人、女人就是女人的時代，色情書刊是靠著男人的幻想編製而成的。

如此想來，這些成為色情書刊靈感來源的男人幻想，究竟是什麼呢？那就是即將溢出、洞穴中滿滿的「愛」，男人「愛」的固形物進入洞穴當中，透過「愛」的摩擦，肯定能夠體驗到發燒般的喜悅。所以，男人的幻想就是希望盡快看到

那個洞穴，滿心渴望看到各種不同的「愛」。洞穴就是女人的那裡、那兒，我稱之為「洞穴之愛」。

為了回應這些男人的欲望，色情書刊就是永久預告篇，預告有一天將展露充滿「愛」的洞穴，但是絕對不會展露。關於這點，和每次一定預告下一場比賽的摔角類似。

我在這些色情書刊當中，如魚得水地自由繪製各種插畫。在繪製時，我從未想到色情書刊，也從未想過自己的插畫是刊載在色情書刊上，能夠促進銷售。即使如此，色情書刊毫不挑剔，繼續使用我的插畫，想必是有相當的自信和包容力。

在我的插畫刊載的頁面周圍都是裸女，當時都還穿著內褲。以這些裸女照為中心，輔以紀實報導（當時稱為真人實事）、劇畫、小說等構成。雖說是紀實報導或小說，其實是具體詳盡描述男人「愛」的充血射向洞穴的瞬間等。淫了……嗚咽啜泣……快給我……明明是個處女……這些瞬間對男人而言，都是至高無上的歡愉。不知為何，主角的男人和女人共處時，永遠是個活力充沛、

從不知道疲累是何物的超人。

技術性文章也不少。如何挑動女性的欲望；上陣時，身體應該如何動作，從前面，從後面，在浴室，在海岸，在公園，在辦公室，在大廈頂樓，在電話亭，舌頭使用技巧，避孕，性器的構造等都詳細附加照片說明。或許各位認為應該沒有人會在電話亭裡性交吧。然而在電話亭，男人的致命一發，洞穴源源不斷地湧出「愛」。這種狀況基本就存在於男人的幻想當中。

即使荒謬，這些狀況都基本存在，所以我們能夠天馬行空地自由繪製插畫，不禁感佩色情書刊實在堅毅可靠。

逐漸地，女人的內褲越來越透明，透過內褲，可以朦朧窺見黑影般的物件。雖然還未能看見「愛」的實際狀態，卻能讓讀者懷抱著將在不久之後看見的期待，這種雜誌總能熱銷，在警視廳的用語稱為「隔著玻璃的愛」。

「嗟！這個月又沒看到，不過，已經逼近到相當危險的水準了。」

這樣的時代持續一段時間，也暗示即將到來的色情書刊危機。

水手服的人氣超高，因為在讀者的想像裡，高中女生的內褲當中，充滿著尚

未展露在世人眼前、也未曾流出過的高純度「愛」。縱使臉上有皺紋的女人穿上水手服，不管旁人如何挑剔，就是如假包換的高中女生。水手服真是不可思議呀。

然而，最近的色情書刊出現了異常狀況。

「你們這些傢伙，真的這麼想看，就毫不保留、全都給你們看吧！快看快看快看呀！」

這類刊物開始四處氾濫。如果認為荒唐、難以置信，請到新宿歌舞伎町附近的塑封本書店瞧瞧，任何事情都是一種社會學習。

永久遭到延期、無法看到的讀者當然喜出望外，這些書理所當然地、飛也似地一本接著一本賣出。不過，看到之後，應該怎麼辦呢？洞穴當中充滿了「愛」嗎？其實那是不應該展露的，不是嗎？

色情書刊的技巧，在於如何製作效果獨具的預告篇，突然門戶大開根本就是違規。這種稱為暗黑本採取門戶大開的方式，顯示精神上已無餘裕，更無以往色情書刊的自信和包容力，只剩下金錢，以及不敢直視警察、提心吊膽的

視線。

不過，門戶大開的刊物出現，也是肇因於時代吧。女人本來就知道洞穴當中，不可能有「愛」，因為那是自己擁有的物品。即使是他人的物品，女人也不會認為男人股間吊掛著兩個「愛」，這就是沒有為女性製作色情書刊的原因。（或許有人會提到《微笑》、《新鮮》。那些是以性高潮幻想為基本，稱為性高潮本。）

所以，我認為門戶大開根本是女人的陰謀，因為覺得男人實在愚蠢至極，無藥可救，所以女人乾脆無情翻臉。

女人大概想說，「既然那麼想看，就看吧。怎麼可能有『愛』嘛，太傻了吧。」於是，色情書刊的危機就此開始。

「愛」並沒有在洞穴中，那在何處呢？後面的洞穴嗎？在腳底嗎？男人不知所措。在男人不知所措的同時，色情書刊也不知所措了。寫真、小說、紀實報導、劇畫等以往的概念被迫重新修正。以往的明明是處女……淫了啊……這麼想啊……無法離開我吧……，連讀者也被視為傻子了。

所以，傳統的色情書刊，只能將讀者設定為不知何謂「愛」的實際狀態、洞穴至上主義的國高中男生。自動販賣機就是如此，其實自動販賣機像是為國高中男生（包含小學生）而設。因為面對機器，不需顧慮任何人，能夠放膽購買色情書刊。而且機器的功能不佳，自動販賣機沒有識別未滿十八歲的能力。

可是，以全國的主婦為主的「禁止給青少年觀看洞穴會」成員，開始對自動販賣機窮追猛打。富山甚至發起「書店前設置色情書刊自動販賣機的書店，大家絕對不去之運動」。自動販賣機逐漸遭到放逐。

我曾經製作過自動販賣機專用的色情書刊。不過，顧客只能憑藉封面購買，所以內容相當馬虎粗糙。然而，也因為只能憑藉封面購買，所以對內容的期待很高。這種差距，的確是造成自動販賣機色情書刊衰退的原因。

總之，色情書刊的「洞穴之愛」再也無法成立，不得不開始漫天撒謊，「對不起，我們錯了，真正的『愛』是在屁股的洞穴」、「不，是在曬衣竿上飄動的斑點內褲上」、「實在很難啟齒，其實是在糞便當中」。這種現象的專業用語稱為「色情書刊的變態化」。色情書刊只剩下變態化一途。變態化，就是多樣化，而

神様
Books
昭
ra
スキャンダル
raffiti

且這時「第三波浪潮」已經確實襲來。

人類肉體的快感，其實非常微弱，就像是被蚊子叮咬、用手抓癢而感到爽快的程度。將這種快感，透過幻想擴大成十倍、百倍的快感，「洞穴之愛」就是這類事物。難怪這個世間逐漸變成一點都不爽快的時代。說真的，既然要矇騙，就矇騙到死，因為，那樣才爽快嘛。

---

1 田中小實昌：一九二五～二〇〇〇。日本小說家、翻譯家、散文家。曾獲頒直木獎、谷崎潤一郎獎。

2 嵐山光三郎：一九四二～。日本作家、編輯、散文家。

3 安西水丸：一九四二～二〇一四。日本插畫家、漫畫家、繪本作家。

4 秋山祐德太子：一九三五～二〇二〇。日本當代美術家。一九七〇年曾出馬參選東京都知事。

5 林寬子：一九五九～。日本歌手、演員。

6 凱洛琳洋子：一九六二～。日本偶像。

7 齋藤惠惠：一九六七～。日本女演員、藍調歌手。

8 三上寬：一九五〇～。日本民謠歌手，演員。

9 赤瀨川原平：一九三七～二〇一四。日本前衛美術家、作家。

10 高信太郎：一九四四～。日本漫畫家、娛樂評論家、藝人。

11 上村一夫：一九四〇～一九八六。日本漫畫家、插畫家、散文作家。

12 友川典司：一九五〇～。日本歌手、畫家。

13 塔摩利：一九四五～。日本搞笑藝人、電視節目主持人、歌手。

14 粉紅淑女：活躍於一九七〇年代後半至八〇年代初期的女子雙人組合。

15 林靜一：一九四五～。日本插畫家、漫畫家。

16 鈴木志郎康：一九三五～。日本詩人、影像作家。

17 佐伯俊男：一九四五～二〇一九。日本異色畫家。作品中大量使用或隱喻性愛與死亡。

18 巻上公一：一九五六～。日本音樂家、詩人、製作人、作詞作曲家。

19 平岡正明：一九四一～二〇〇九。日本評論家、政治運動家。

20 奧成達：一九四二～二〇一五。日本詩人、爵士樂評、作詞家、漫畫原作者。

21 伊達政保：一九五〇～。日本社會運動家，樂評。

22 長谷邦夫：一九三七～二〇一八。日本漫畫家、漫畫評論家。

23 吉田光彥：一九四六～。日本漫畫家、插畫家。

24 清水節子：一九五六～。日本歌手。

25 窪園千枝子：一九五〇～。日本企業家，七〇年代曾為歌手、演員、性評論家。

26 堤玲子：一九三〇～。日本作家、詩人。

27 巴塔耶：Georges Bataille，一八九七～一九六二。法國哲學家。有解構主義、後結構主義、後現代主義先驅之譽。

28 岡留安則：一九四七～二〇一九。《傳聞真相》發行人兼總編輯。

29 業界千石耶穌：七〇年代，日本新興宗教團體「耶穌的方舟」，創教教主千石剛賢浪跡全國傳教，追隨教徒多為單身女性。家屬報警尋人並訴諸媒體。媒體以「千石耶穌，還我女兒」為標題，批判教主千石彷彿坐擁後宮三千佳麗。

30 海德格：Martin Heidegger，一八八九～一九七六。德國哲學家。

31 齊克果：Søren Aabye Kiekegaard，一八一三～一八五五。丹麥神學家。

神様
n Books
昭
kira
トスキャンダル
Graffiti

エロ

God of

末

Sue

素敵なダイナマ

Dynam

神様

n Books

昭

kira

100

トスキャンダル

Graffiti

Act 3.

ウイークエンド・スーパー主義

1 WEEKEND SUPER Man

我喜歡莫名其妙、不知為何的事物。例如無法以言語表達的事物，因而在意掛心的事物。一旦了解，就會收到腦中的整理箱，收進去之後的事物，從此很難再次取出。不了解的事物，總是懸掛在腦中一角，揮之不去，形成一個礙眼的存在。常有些人對我說《WEEKEND SUPER》是本莫名其妙、不知為何的雜誌。我是這本雜誌的總編輯，當我聽到這是一本莫名其妙、不知為何的雜誌時，總有一種快感。

然而，莫名其妙、不知為何的雜誌其實並不存在，在雜誌編碼分類當中，《WEEKEND SUPER》（太長了，簡稱《WES》）是如假包換的色情雜誌。據說《WES》目前在神田的舊書店，一本售價是兩萬五千日圓。我是這本雜誌的總編輯。啊，這個剛才說過了。

不過，正確說來，我擔任總編輯期間只有兩年，後來，我晉升為名譽會長。接任的總編輯是我在美學校的同學岡部佳枝。名譽會長這個頭銜，聽起來能在

女人堆中無往不利、肆意而為，不過我只有稍加利用而已。現在回想起來，真是太可惜了。

《NEW SELF》廢刊之後，在《NEW SELF》當中成立獨立國家的「全日本中華涼麵愛好會神奈川縣支部」，變身成為雜誌《小說雜誌》，只是銷售不如預期，我必須設法推出全新雜誌。

我仍在猶豫製作哪種雜誌時，預定創刊日就一天一天逼近。於是，我不管三七二十一，決定先製作電影雜誌吧，版型就決定Ａ４版吧，加入偶像歌手會比較理想吧。既然是電影雜誌，標題就定為我印象最深刻的電影、高達的《週末》（Weekend）吧。雜誌《WEEKEND SUPER》就此創刊。至於多加SUPER一字，因為已有《WEEKEND》雜誌註冊登記，我想就加個SUPER吧，全然沒有任何深奧意義。

創刊號在一九七七年的春天發行，竟然賣出八成以上。沒想到我隨便製作的雜誌竟然如此熱賣，這個世界也太好騙了。這本雜誌打從一開始就是這種狀況，所以簡單說來，《ＷＥＳ》就是一本隨隨便便的雜誌。

然而，不是我自誇，如果沒有一定的自信，哪有辦法隨隨便便地製作。雖然是隨隨便便，其實一點也不隨隨便便。如果是徹頭徹尾地隨隨便便，恐怕不是只有貼上隨隨便便的標籤就可了結。

為這本隨隨便便的雜誌《ＷＥＳ》撰稿，文章恐怕也會變得隨隨便便。在此，引用《ＷＥＳ》創刊一週年紀念時，諸位作者大人捎來的金言玉語，順便在此叩謝。

●自從《ＷＥＳ》出版以來，世界變得開朗明亮了。有幸能和《NEW SELF》、《ＷＥＳ》合作，其他出版社的工作也增加許多，大大改善了生活，甚至還能訂做全新西裝。其他出版社的編輯部都羨慕無比，並以《ＷＥＳ》為目標，希望自家出版社的發行數量也能大幅成長。因此，我提議出版社招待執筆撰文的作者大人前往漢堡，大啖法蘭克福香腸，不知道編輯的意下如何呢？《ＷＥＳ》是一本好雜誌，能夠持續一年，真是了不起。編輯部的每一個人都很有品味。真是太令人驚訝讚嘆了。這是革

エロ
God of
末
Sue
素敵なダイナマ
Dynam

命，雜誌界的管制塔台。社長，請大方發放夏季獎金。不好意思，自慰的時間到了，本人就此告辭。祝鴻圖大展。

——秋山祐德太子

●《ＷＥＳ》有種難以形容的「違和感」。看了總是令人坐立不安，無法冷靜。雜誌經常有種握壽司和漢堡一起上桌的衝突感，但這就是雜誌的魅力。雜誌這種刊物，無論執行多麼新穎的編輯，在持續三期之後，讀者的眼睛就再也不感到稀奇了。然而，《ＷＥＳ》經過了一年，仍然持續帶來違和感，實在是少有的特例。總之，恭喜雜誌發行屆滿一週年。末井總編輯，請繼續加油，別讓週末變成終末了。

——長谷川明[1]

●末井先生是我最愛的女性朋友明子的熟識。一年前的三月，在荒木（著名攝影師）的弟子聯展開幕酒會上，我認識明子。當時我每天滿腦子

只想著離婚，雖然沒有收到邀請函，我仍然前去參觀，打算轉換心情。明子也是在百般猶豫之後，才決定前來觀展。於是，愛就是隨時隨地、在偶然之下發生！她為我引介末井昭這位魅力十足的男性，然後我就在《WEEKEND SUPER》展開連載。想要貫徹（要求貫徹）偶然展開的愛，只有日日夜夜的努力。如果愛之球從高田馬場拋過來，就必須再拋回去。我的文章無聊並非愛情不足，單純只是我懶惰而已。

——鈴木和泉[2]

●藉著發行一週年，我調查以往的稿費，製成圖表。結果驚訝發現從縱向的X軸到Y軸，以非常漂亮的弧度形成下墜的拋物線。《WES》居然如此縝密思考，考量到濃烈的藝術，我的胸中不禁感動滿懷。所以，我無法拒絕《WEEKEND SUPER》。編輯部的各位辛苦了。今後我將繼續陶醉在這種下降感覺當中。

——藤田晴央[3]

●BOYS BE UNDER SHIRTS！各位少年呀，穿上內褲吧。咦？不對，不穿內褲也行。

——田中小實昌

●仔細想想，《NEW SELF》身亡之後，唯有《WES》是留存於日本文化最後的○○○○。這個○○○○○應該以哪個詞彙表現，終究不是我的能力所能及。可是，最後的○○○○絕不能消失，必須持續擴大，在往後的十年、二十年繼續奮鬥，這是全國國民的衷心期盼。

——赤瀨川原平

●這本雜誌的優點就是只說老實話。閱讀（觀賞？）時，絕不會肩膀痠痛。《WES》的標題對熱愛八卦的趕時髦一族深具吸引力，內容比標題更適合趕時髦一族，像我這種正派女子，雜誌所有內容都是值得學習的

事物……。

每頁都充滿著細心考量，滿足約二十歲我們的卑微願望，我不禁認為如果我國所有年輕人都能夠閱讀（觀賞）這本雜誌，世界或許能夠居住得更美好舒適。

無論如何，為了心靈（身體）寂寞的年輕人，今後請繼續加油，邁向更狂熱、更猥褻……。總而言之，恭喜發行一週年。

——北川麗子[4]

●恭喜恭喜。殘留著《小說雜誌》、《NEW SELF》餘香，貴出版社的《WES》擁有的生命力，我打從內心萬分敬佩。刊載的報導和照片充滿毫不對稱的魅力，徹底顛覆我的三觀，讓我重新體認到原來這也是一種好雜誌。非常抱歉，總是拖稿，而且內容凌亂無章。

——高平哲郎[5]

●很久很久以前，當我還是一名認真的國中生時——現在的我則是認真的評論家。電影院總是散發著暗惡花朵的花香。國中生的我每每受到花香的誘惑，幾乎快要變成不良高中生，後來我自力更生……這個故事實在很長，就此打住。現在的電影界充斥著以大作為名的電視廣告，《WES》則瀰漫著昔日電影院的味道。

——上野昂志[6]

●獻給色胚末井！「不是潮流，而是自流。自流，才是真正的潮流。」這句話果然仍是曠世名言啊～。

——荒木經惟

●先不談設計是否美觀新穎，對於相同主題的處理方式、編輯、排版等都擁有他人難以駕馭、獨一無二的眼光。雖然這種眼光具有危險、恐懼的感覺，我認為這是雜誌的魅力，所以深受吸引。衷心期待這種感覺雜

誌的力量，請繼續加油。

——安西水丸

●前略，好久不見。末井昭製作的書籍，總是非常奇妙，非常歡樂，衷心感激他。一切想必是來自於末井昭旺盛踏實的好奇心，請繼續保持這種活力，更廣泛地切入音樂、文學、美術等世界，收穫一定更為豐碩。相對於此，作者（每一位的確都非常有趣，不過……）稍微有些老套，請更毫無顧忌、大膽放肆地加油，衷心期待今後的作品。

——奧成達

●全力支持末井，加油加油加油！以上。

——平岡正明

●《WES》超厲害的！我也很厲害，《WES》更厲害！從來沒見過末

井這種編輯！（廢話，這傢伙根本長得不像是編輯。）

——南伸坊

我收到超過上千則類似的祝詞。獲得這麼多的稱讚，我完全得意忘形，原來隨隨便便都能獲得稱讚，那以後隨隨便便就行啦。於是，往後三年，我都是採取隨隨便便的做法。

最後再說一件軼事。在《ＷＥＳ》有限的特輯當中，現在仍然深植在大眾記憶裡的作品是〈愛情西瓜讀本〉，其實這個特輯極為胡鬧又愚蠢，有上杉清文撰寫的官能小說〈在西瓜田中抓住我吧〉；或是來自一位手腕上有西瓜刺青，而且根據西瓜進行齒列矯正的人士的告白；或是暴力西瓜主義者高聲逼迫阿伊努人吃西瓜的政治宣傳；或是享受西瓜和ＳＭ；或是用頭劈開西瓜、深受西方人士歡迎的專業歌舞秀藝人。想出這個特輯的就是人稱企畫書天才的秋山道男[7]，由於必須拍攝照片，於是派櫻木徹郎[8]飾演配合西瓜進行齒列矯正的人士，秋山扮演享受西瓜和ＳＭ的人士，南伸坊則扮演用頭劈開西瓜的藝人。

つ神様
n Books
昭
kira
トスキャンダル
Graffiti

刊載這個特輯的期號發行之後，編輯部接到某電視台的導播來電表示看到這期雜誌，提出要求——「電視台打算邀請以頭劈開西瓜的藝人上電視表演，希望能夠轉介。」我原本以為對方是在開玩笑，沒想到卻非如此，我只好回答「那是在開玩笑」，結果那位導播覺得非常沮喪惋惜。

2 我的荒木經惟論序說

前幾天，我為了領取荒木先生的《寫真時代》原稿，前往赤坂的攝影棚。那天，荒木先生預定在那裡進行拍攝。

我正打算向櫃檯詢問荒木先生使用的攝影棚編號時，從上方傳來宏亮的聲音：「好，最後，請進入浴缸泡澡！」荒木先生使用的攝影棚在三樓，他的聲音真的不是普通響亮。我前去參加酒會時，常在一片喧鬧聲中，就能聽到荒木先生特別突出的大嗓門。

這天，荒木先生似乎正在進行久未從事的藝術。「藝術真是累人啊，喂！安

齋，拍了幾捲了？」「六十捲！」「六十捲啊，難怪這麼累！」荒木先生說著。

荒木先生口中的「藝術」，就是女人的裸體，這天他也在拍攝一位未來女演員的全裸照，這是對方主動請求荒木先生的。拍攝完畢之後，大家一起用餐，她表示，「讓荒木先生拍照，真的很累呢！」不過她的表情相當滿足，看在我的眼裡，就像是性交之後的表情。

一九七六年的春天，我認識了荒木先生。當時，荒木先生為我負責編製的雜誌《NEW SELF》撰文，我前往三之輪取稿時，才第一次見到面。當我看到荒木先生的出道寫真集《感傷之旅》時，旋即成為他的粉絲，所以當天內心有點雀躍。

經過幾個月之後，荒木先生答應寫真和文章的專欄連載。他總是說，「女人啊，每個女人都是女演員。」所以，專欄標題訂為〈劇寫．女優〉。這個專欄在《NEW SELF》廢刊之後，仍在後續出版的《WEEKEND SUPER》繼續連載，並持續三年以上。

每個月，我都必須找到一位女子，由於預算不多，所以只能以藝術為名，請

求協助。

荒木先生是天生的藝術家。雖然我如是想，不過當荒木先生說著「藝術、藝術」的時候，我的內心總會出現「真的嗎？」的疑問。「藝術，藝術，好，脫了脫了」、「來，自慰自慰，這是藝術啊，藝術，藝術」聽起來他根本不將藝術當一回事。被拍攝的女子，臉上一副「這是藝術嗎？我是不是被騙了啊？」的表情，望著荒木先生。我拜託女子當模特兒的藉口是「不好意思，雖然酬勞很低，但是為了藝術」，所以總是感到提心吊膽、七上八下的。

荒木先生當然不會注意到這些細節，即使了解，想必也十分享受這種狀態。然而，不可思議地居然從未發生過任何困擾。反而是我在找不到模特兒，不知如何是好，只好隨便扯謊，呼攏勸說「只有拍攝您在原宿購物的模樣，拜託拜託啦」，然而這些找來的女生，最後也脫得只剩一件內褲。

因為，荒木先生總能編織出讓女子願意裸露的戲劇化故事。女子並非是在日常生活的延長線上，在人前脫衣裸露，而是成為荒木先生即興隨口編織的故事女主角，演出全裸。

編織的故事情節不能是「這裡是公共浴場，你現在是剛下班的酒店女公關。好，你可以脫了」，而是「你是娼婦，現在和中年客人來到飯店，讓我站起來吧！」才容易讓女子聽從。荒木先生擅長掌握這種心理，能夠為每位女子量身訂做不同的故事。每次從旁參觀攝影，我都會深深感動「原來如此，每個女人的確都是女演員」。

甚至還有女子為了請荒木先生拍攝，特地從大阪長途跋涉來到東京，而且是某大學教授的千金，我著實嚇了一跳。她自己準備服裝，甚至製作故事劇本，告知荒木先生自己希望如此拍攝。最初，荒木先生依照她的指示拍攝，但是幾個小時之後，她在飯店床上、大開雙腿，進行拍攝。

荒木先生的照片，一定會有大開雙腿（也有小開雙腿）。大開雙腿的姿勢，以稍微下流的說法就是女子在說著「快，快將你的東西放進來吧」。荒木先生的照片拍出大開雙腿，表示正在歡迎男人的進入。換言之，荒木先生拍攝女人的照片，等同於在和女人性交。

男人將這種男女性交、到結束前的過程，拍攝成照片，就是荒木先生的「藝

術、藝術」，而且最擅長真實拍攝的攝影家只有荒木先生，無人能出其右。看到荒木先生的照片、因而產生厭惡感的女人，就像從飯店鏡中看到正在性交的自己，感到厭惡。

因此，那時，在健全色情雜誌上連載荒木先生的照片，我認為是不適合的。荒木先生的照片實在太像是照片，換言之，過於真實。

色情雜誌需要在自慰時能夠派上用場的實用部分，否則賣不出去。那些實用照片，必須讓觀看的讀者擁有某種程度的自由想像空間。讀者需要真實觀看的並不是表情，而是身體的質感。因此，黑白照片基本上不適合做為實用照片。即使荒木先生的照片是藝術，也絕對無法成為實用照片。

雖然如此，我仍然一直拜託荒木先生進行連載。即使荒木先生的照片無法成為色情照片，然而，荒木先生拍攝照片的表現實在太有趣了，我相信那種趣味絕對能夠傳達給讀者。

男女在上帝創造之初並不契合。男人看見女人，就想與其性交，換言之就是想要射精。這是男人愛的開始，在射精之後會暫時結束，稍事休息。男人在射

精之後，就是一種心情爽快的欲求不滿，因此在射精之後，就開始思考下一次的方式。所以色情雜誌能夠暢銷，粉紅沙龍、土耳其澡堂能夠興盛，土耳其公寓才會出現。女人則是「我想要生下你的小孩」，所以接下來就是期待結婚。如此完全不契合的兩人，只憑藉著像是愛的事物，結合得十分不穩定。荒木先生甚至能拍出這種不安定的男女關係性。

這是一件很困難的工作，伴隨著相當程度的危險，踏錯一步，就會「藝術爆發」。因此，必須控制被拍攝對象——女人的心情。因此，荒木先生擁有兩種武器。男人都有男人的武器「荒木鐵金剛Z」。

其一是荒木先生像是機關槍掃射般的連珠炮說話方式。其二應該是體力吧。缺乏這兩項武器，照片將遠離關係性，這種照片就會是風景照片。不過，荒木先生會說「要當一個風景攝影家，還早啦」。

在《WEEKEND SUPER》發行之後，〈劇寫・女優〉、〈荒木經惟的偽現場採訪〉逐漸成為荒木經惟的兩大連載。〈偽現場採訪〉是荒木先生且戰且走、隨機應變的系列，狀況會如何發展，不到拍攝當天，我完全無法得知。

第一次在天皇誕辰紀念日前往皇居。隔著玻璃，拍下揮手致意的天皇。和荒木先生搭乘電車時，抬頭仰望，瞧見夜總會「日之丸」的海報。天皇誕辰紀念日當然就是日之丸，於是兩人直接殺到池袋的夜總會「日之丸」，和酒店小姐放肆狂歡。看著絲襪卡在腳踝上、在店內繞圈玩鬧的日之丸女郎，荒木先生和我都感動萬分。

本來預定前往電視台拍攝八代亞紀[9]，結果荒木先生移情別戀，一股勁兒地只拍攝石川小百合[10]。前往江之島海岸，拍攝橫陳四處的泳裝女郎，黃昏時刻，我對荒木先生說道「收工回家吧」，荒木先生回答「接下來才精采啊」。一會兒之後，老人溺水的屍體浮上海面，荒木先生趕緊抓起相機衝上前去。原來如此，這就是天才的直覺啊，我實在佩服得五體投地。

我們也曾經前往採訪保險套公司。保險套公司也開朝會，我驚訝的是居然和夜總會非常相似。我們跟著資深銷售員整天四處奔走。銷售員從不訪問大宅，都是訪問公寓，讓我學到不少。

我們讓二十四歲模特兒穿上和服，走進新宿區舉辦成人禮的會場當中拍照。

也曾前往女子踢拳道館、脫衣舞廳，或是搭乘信鴿巴士巡遊東京名勝。

荒木先生試著拍攝男女關係性，甚至是和世界的關係性。在這個系列當中，我最開心的是終於能和荒木先生平起平坐，一起向世界討教。

3 令人懷念的沒穿內褲喫茶店

曾幾何時，沒穿內褲喫茶店盛極一時。然而令人不解的是以往曾經興起的各種風潮，抱抱娃娃、呼拉圈、迷你裙、紅茶菌發酵飲料等，最初都是靜悄悄地開始，再靜悄悄遭到遺忘；沒穿內褲喫茶店則是突然盛極一時，然後瞬間消失。

被捲入這股風潮的沒穿內褲喫茶店經營者、女服務生、沒穿內褲喫茶店迷，恐怕都是莫名其妙的心情吧，其實我自己也是這種心情。

有位人士名為島本，相信很多人都不知他為何人，請容我稍加介紹。他的年齡是三十多歲，體型微胖，去年前往曼谷，差點病危身亡，在名為Skip

神様
n Books
昭
ira
・スキャンダル
Graffiti

Band的樂團當中彈奏貝斯，職業是為雜誌採訪秘境，不過主要在畫漫畫。這位島本先生，將週刊雜誌的一篇小專欄報導，拿給我看。

報導寫著在東京都豐島區東長崎，距離繁華地區稍遠的地方，東京第一家沒穿內褲喫茶店開幕，每天高朋滿座，盛況空前。看到這則報導，我立刻前去瞧瞧。看了之後，我當下直覺這種現象絕對非比尋常。

其實，我極為震驚，因為店內真的人山人海，客人當然全員都是男性，甚至在通往二樓店內的樓梯上，都擠得水洩不通。

大窗的店內，大學女生（告示如是寫著，不知道是真是假）的女服務生共有三位，白襯衫搭配超短迷你裙，在店內走動。

爆滿的客人視線，全部都追著走來走去的女服務生。當女服務生將咖啡端上桌之際，就能夠稍微窺見迷你裙下的風光。「哎呀呀」真的沒穿內褲耶（文風逐漸走向採訪報導風格），那時，我真是感激涕零。

或許有人認為只是沒穿內褲而已……，世界上就有這種彆扭的人，正常的社會人絕對會感激涕零，甚至我認為喫茶店的概念肯定就此改變。

逐漸習慣店內的氛圍、更有餘裕之後，我的視線從迷你裙轉移到櫃檯旁的帳單堆上，立刻判斷「這門生意賺翻了」！

從那天之後，只要前往熟悉的喫茶店，就提議改為沒穿內褲喫茶店。不過，每間店都認為沒必要做到那種程度，全都不願嘗試。雖然是他人的事業，我還是覺得非常可惜。

後來，週刊爭相報導，大阪的沒穿內褲喫茶店已經是幾乎全裸的狀態，還能讓客人觸摸，甚至只有遮住重要部位，還有外國人……。看來我有必要親自去大阪探個究竟，於是，偕同採訪秘境的島本先生一起前往大阪。

我們在梅田下車，走沒幾步，就大為震驚，因為放眼望去幾乎都是沒穿內褲喫茶店，交織出令人難以置信的景象，彷彿大阪漂浮在沒穿內褲喫茶店之上，這是第二次的感動。

我詢問市民，從不同人口中，獲得各種不同的看法，例如「角落那間店，胸部全都露喔」；搭乘計程車時，司機則說，「來採訪沒穿內褲喫茶店啊？那種店很不乾淨耶，就像是毛掉到可樂當中呀。」

圖解 右：啊哇哇哇… 中：我是～從鄉下來的～沒穿內褲女郎喔～ 左：哎呀呀～

蛭子能收 繪

Act 3. → 3

なつかしのノーパン喫茶

エロス

God of E

末

Sue

素敵なダイナマ

Dynam

兩天之內，我們跑了約四十間的沒穿內褲喫茶店。在大阪，沒穿內褲喫茶店已經是一般常識。其中還有店家表示「真可惜，你們來得太早了，明天會有黑仔加入呢」。大阪真是太了不起了，我甚至期待從此一路蓬勃發展下去的景況。總之，震懾在沒穿內褲喫茶店的無限活力之下，兩人筋疲力盡地回到東京。

大約一個月之後，東京的沒穿內褲喫茶店也急遽增加，速度之快，這次變成是東京漂浮在沒穿內褲喫茶店之上。此外，還增加沒穿胸罩的店；或是出現挖空絲襪屁股部分的店；或是女服務生在重要部位貼上蝴蝶，周圍卻竄出各種事物；甚至還有些店當場脫下女服務生的內衣，直接叫賣。還有不少是從粉紅沙龍轉型而來。

連續多天，我天天向沒穿內褲喫茶店報到。雖然每每都能發現新手法，相當有趣，但是已無最初在東長崎的感動。在微暗的店內，全裸的女人走來走去，根本無異於脫衣舞孃。我的正義感不禁湧現，憤怒粉紅沙龍轉型業者有欠考慮，只是將酒店小姐變身成為沒穿內褲女郎而已。

突然，我掛心起大阪，於是和那位島本先生再度前往大阪採訪。然而，大阪的沒穿內褲喫茶店已經氣焰將熄，許多白天做生意的店轉為只剩晚上營業。

在前一次的採訪時，認識幾位店長，我透過電話提出採訪的要求。

「今後必須靠新意取勝，不，接下來的企畫絕對成為話題，只是現在不方便透露。」

我想起說過這段話的企畫部長，經過電話聯絡之後，對方答應我們造訪。結果，抵達店內，發現只是普通的沒穿內褲喫茶店，店內貼滿鏡子，像是迪斯可舞廳。

企畫部長不在店內，迪斯可舞廳風格的年輕店長接受訪問。

「企畫部長曾說過有非常厲害的想法。」

「不，啊，該怎麼說呢，店內是有些機關啦。」

店長一副欲言又止的態度。牆壁都是鏡面，地板鋪上壓克力板，下面裝設霓虹燈管。我想所謂的機關是女服務生的裙下風光，會投射在鏡中。

「現在正在申請專利，在還沒確定獲得許可之前，擔心可能會被其他店盜用

模仿。」

店長口風很緊，強忍著想說的欲望。不過，逐漸地，炫耀的心態終究戰勝了忍耐。

「我還沒有告訴過任何媒體，你們是第一家喔。」

店長一邊說著，一邊走出店外，打開店旁的一扇門，請我們進去。門內微暗，一座樓梯通往地下，走到最下方時，就看到那位企畫部長。他面帶微笑說著「好久不見」，擺出一副自信滿滿的表情。

「看出來了吧？」

部長問道。我還看不出來是怎麼一回事，於是，部長的手指向上方。我們順著他所指的方向看去，「哎呀呀」天花板是透明壓克力，從下方可看透剛才那家店，看透的當然是裙下風光。

這是一面單向鏡，從上方當然看不到。雖然還是水泥胚體，不過，這裡即將開幕為偷窺喫茶店，名為「光光看光風下裙」。店名倒著唸，就一目了然。

在這裡，我又有第三次的感動。這些人竟然能在這類無關緊要的事物上，如

此使盡全力，真是令人感動。這間店的建築物是一棟四層樓高的公寓，原本沒有地下室，在一樓開店之後，店長向公寓持有人取得挖洞做為倉庫的許可。

「那裡的水泥很礙眼，不過除去的話，會導致公寓傾斜。」

手法實在太高明了。當然，樓上店裡的女郎都還不知道這個機關。店長和企畫部長每天潛入地下室，眺望著上方，沉浸在完工的喜悅當中。

從樓下讓客人偷窺沒穿內褲的女郎，我質疑有可能涉及猥褻罪，於是，詢問店長，

「警察對策已經考慮周全，警方絕對束手無策。」可是，這間店開店沒過多久，就遭到警方的突襲檢查，店長當場遭到逮捕。顯然警察對策沒有奏效，因為沒穿內褲女郎本來還戴著毛茸茸裝飾在店內走動，然而警方來到店內時，女郎剛好都沒戴上這種人工性器，毫無任何遮掩。

不過，店長獲得釋放，聽說接下來他打算經營展露身形輪廓的正式登台喫茶店，只是我無法得知後續。

大阪阿倍野區的沒穿內褲喫茶店，女服務生幾乎全裸，我前去探訪時，仍舊

興盛有活力。

「其他地方多半做不下去了，不過如你眼前所見，客人還這麼多呢。」

店長曾待過夜總會，很懂得麥克風話術。女服務生身上塗滿美乃滋、番茄醬、芥末醬，讓客人舔拭。這裡甚至還有地方組團來店，雖然，店長完全不擔心查緝，但這裡仍有警察的突襲檢查。

大阪寢屋川市有種名為水槽喫茶店的怪店。店內有座大型透明水槽，水槽中加入熱水，穿著內褲的女服務生（？）將頭露出水面游泳。到了這個階段，店長或經營者的談話內容，反倒更引起我的興趣。

「這是應用稜鏡原理呀。客人絕對看不到女郎的臉孔。所以，女郎能夠肆無忌憚地做出大膽的動作呀。水槽主力成員嗎？有五位，女生嘛，總有生理期囉。」

每張桌子的桌前就是水槽，在啜飲著咖啡的客人面前，看不見頸部以上部分的水槽主力成員，毫無顧忌地大開雙腿，實在是有些詭異的光景。我詢問其中一名水槽主力成員，她只有一句話，

「泡得又腫又脹呀！」

寢屋川市的經營者似乎有著各種奇思異想，店長表示隔壁店預定製作訴諸人類五感的性交歡樂之島。

我順便前往京都訪查。京都不似大阪過於刺激，多半保留沒穿內褲喫茶店的原型。

「這種就像是經營女郎店嘛，不能太高調。」

這位經營者的本業是提供股票買賣或經營的諮詢顧問，對方遞給我本業的名片，並表示這門生意是在友人拐騙之下加入的。

計程車司機表示在終點站的西鴨車庫，地方偏僻，有日本第一家沒穿內褲喫茶店。雖然夜色已深，但是我們很想看看始祖，所以請計程車載到店前。原來這間店在潮流興起之前，已經開店三年了。

抵達這家店時，已經是歇業時間了。

「採訪很煩人，我們拒絕採訪。」

凶神惡煞般的經營者露臉說道，我們不得不放棄、打算折返時，對方卻引領

到像是事務所的場所。

「這是廢物才會從事的行業。以女性裸體為賣點，根本是極為低俗的職業。我做夢也沒想到竟然能夠造成這股風潮。早知如此，我應該早點收店。」

經營者沉痛地說著，彷彿所有罪惡都由他一人承擔。我追問他為什麼不早點收店。他回答，

「店前蓋了停車場，在貸款還清之前，沒法停業。」

「這裡希望能夠變身成為女性客人或兒童都能安心光顧的店，所有員工攜手努力工作，請大家多多幫忙。」

據說，這是每天店內都會播放的廣播。

「我想要贖罪，所以在鴨川沿岸種植櫻花樹。今年終於開花了。」

後來我觀賞了那些樹，不過是在店前種植的五棵小櫻花樹，花朵還是黏上去的。

我提出店內攝影的要求，卻遭到拒絕，標示寫著絕對禁止拍照。我無法強求，正打算放棄時，對方卻一派輕鬆的在店內繞行，點亮所有的燈，真是奇怪

神様
Books
昭
ira
スキャンダル
raffiti

的人。

最後，我向他提出拍攝本人的要求；於是，他右手持著電話擺出姿勢，動也不動地接受拍照，我們只能強忍住想笑的念頭。

沒穿內褲喫茶店消失之後，現在難免懷念那些源源不絕湧現的能量，以及每位正好都是稀奇古怪的店長和經營者。

4 櫻田門外的變遷

今年的梅雨季拖拖拉拉地，好不容易終於結束之後，突然進入酷夏的八月某天，警視廳突然來電。我實在不喜歡接到警視廳的電話。

警視廳的來電總是突如其來。我平均兩個月會接到一次警視廳的來電，即使如此，仍然有種遭到突襲的感覺。

已經是久遠以前的事情了，身為編輯兼發行人的《NEW SELF》遭到禁止發行時，也是如此。當時的季節是春天，我窩在棉被裡，迷迷糊糊地睡著回籠

覺。時間已經是上班時間，但是我卻開心的不得了。那種半睡半醒的狀態實在舒爽。

就在這時，突然接到警視廳的電話。正確說來，電話不是來自警視廳，而是警視廳的人來到公司，公司再打電話找我；電話那頭吼著：「我們已經在這裡了，快點到公司來！」那是我第一次經歷這種事情，感覺好像是警視廳的人員突然殺到我的被窩前。《NEW SELF》這時已經連續三期遭到禁止發行。當時的報紙報導如下：

> 警視廳保安一課於十二日上午，以銷售猥褻文書圖畫的嫌疑，檢舉月刊「男性雜誌」《薔薇族》等兩本雜誌。
>
> 東京都世田谷區代澤五之二之十一，第二書房（伊藤禱一代表董事）發行月刊《薔薇族》四月號，編輯發行人伊藤文學（四十五歲）；以及新宿區高田馬場一之四之九，平和公寓A—三六「LF出版」（森下信太郎代表董事）的月刊《NEW SELF》五月號，編輯發行人末井昭（二十八歲）。

保安一課以相同嫌疑偵訊發行人伊藤和末井，並命令回收鋪貨到全國書店的月刊。

——昭和五十二年（一九七七）四月十三日《富士晚報》

引用報紙的報導，發現漢字比我的文章多出不少。然而，這則報導當中的「LF出版」是錯誤的，正確是「SELF出版」。對於鮮少為人所知的公司或個人姓名，報紙常常寫錯。此外，《薔薇族》不是寫「同性戀雜誌」，而是「男性雜誌」，這點也相當耐人尋味。總之呢，從這天開始，持續將近三個星期，我每天都得到警視廳報到，接受偵訊。

當我和嚴肅認真的人士分享這項經驗時，常被單方面地以為我是個反體制的人，並以此為前提，誤以為我同為反體制人士，著實令我感到相當困擾。我的確討厭警察。基本上對於自以為了不起的人士，我都討厭。可是，我從不認為色情書刊是反體制，我單純覺得不適當的事物就是不適當。

有人認為表現是自由的，所以應該解禁色情作品。無論是否解禁色情作品，

我著實同意表現是自由的。對我而言，我喜歡思考如何在遵守猥褻違法這條法律之下，從事猥褻的事物，所以，我認為刑法第一七五條的存在，能讓行事更為有趣。

然後啊，嗯，關於偵訊一事，或許負責偵訊我的人員即將退休，所以十分溫和，反而讓我同情起警視廳保安課風紀組的人員。

電視上播出的《向太陽怒吼》、《西部警察》，都是以正氣凜然的刑警為主角的連續劇，擁有許多年輕影迷。相信有很多人是觀看這些電視劇之後，立志當警察。最近，警視廳的警官募集海報，就是完全模仿《向太陽怒吼》，以其他模特兒拍成正氣凜然的海報。

保安課風紀組的刑警也有小孩，都是《向太陽怒吼》、《西部警察 PART 2》的忠實觀眾。晚餐時，小孩說著今天在學校向同學炫耀爸爸是警視廳的刑警、超厲害之類的溫馨話題時，爸爸的臉上想必會蒙上一層陰影吧。電視劇的主角刑警，都是偵辦殺人或毒品相關的案件，取締色情書刊的刑警很少成為主角吧。

)神様
n Books
昭
kira
トスキャンダル
Graffiti

「喂！這邊露毛了！」

「對不起啦。」

「說個對不起就想要逃避責任啊。嗯，你仔細看看，這裡的內褲很透明，看得見皺褶耶。」

這種台詞絕不適合八點檔闔家觀賞，而且一點都不厲害。

在警視廳當中，我認為絕對存在著部門之間的輕蔑和嫉妒。既然當上刑警，就要當個甩動手銬、開槍迅速的刑警。每天的工作是檢查色情書刊，任何人都會產生厭惡。

我不由得同情起這些刑警，所以在那之後接到警告，被傳喚到警視廳時，我都坦率地道歉，「對不起，是我不對。」

「為什麼要刊載這種照片呢？想要向警察宣戰嗎？」

「不不不，我們怎麼敢這麼放肆。」

「我實在不懂你們這家公司，這種是要遭到檢舉的耶，你想被銬上手銬嗎？」

「非常抱歉，對不起。」

「別以為刊載這種照片，就能夠多賣幾本，反而會賣不出去！」

「是是是，大人，我會銘記在心。」

「其實應該要你自己帶著這些書來謝罪！在入口就要先敬禮，到這裡就要致上最敬禮。」

「您說的沒錯，請大人原諒。」

這種人大概有三個小孩，都是刑警連續劇的忠實觀眾，所以我不由得更認真道歉。每當接到警告，在照例接受訓斥之後，必須撰寫悔過書。

「這次，主管人員檢舉的〇〇頁照片，的確描寫性器、性遊戲、性交等事物，疑似觸犯猥褻罪，我也深感不當。今後，我會在編輯上充分注意，避免再犯這類過失，懇請念在已有悔過之意，寬大處置。」

悔過書的內容多半撰寫這些內容。當我寫下「寬大處置」時，腦中總是浮現古裝劇《遠山的金先生》。

我陸陸續續前往警視廳保安課風紀組報到，前後超過五年，後來甚至已成為熟面孔，

「你又來了啊？乾脆將桌子搬來，在這裡編雜誌吧。」

其中不乏這類調侃，關係算是十分融洽。

風紀組最雷厲風行的時期，正好是塑封本風潮的鼎盛時期。本來不到二十名組員，一口氣增加到六十名。週刊前來採訪、聽取意見時，

「我們絕對徹查到底，一個都不放過。」

多半都會聽到這類意氣風發的言論，看來風紀組現在滿腔熱血、打算一舉掃蕩所有的色情書刊。

於是前陣子，八月某日，我一如往常地搭乘地鐵來到櫻田門。在此說個題外話，通常地下鐵的出口一定會設置公共電話，櫻田門則完全沒有。警視廳周圍也幾乎找不到公共電話，我總認為其中必有陰謀。回到正題，總之呢，我熟門熟路地來到石造建築、堅不可破的全新警視廳，在櫃檯抽取號碼牌之後，前往八樓的風紀組。

組內已無塑封本風潮時的活力，組員也恢復到原本的二十名。我來到組長的桌前，翻開帶來的《寫真時代》，依照被糾舉的頁面，以粗奇異筆打叉。這是

S出版S編輯室S編輯傳授的方法，據說是顯示反省態度的最佳方法，所以我也依樣畫葫蘆，加以運用。

然而，組長根本瞧都不瞧一眼，對話也不如以往熱絡，組內甚至看不見我熟識的面孔。我一如往常地寫完悔過書，才經過十五分鐘，我就走出警視廳了。

難道這是什麼陰謀嗎？還是警視廳的全新方針呢？難道是想透過禁止對話、凝聚風紀組的不滿情緒，等到累積一定的悔過書之後，就能領取期待已久的手槍和手銬，甚至突襲我的住家嗎？總之，全無任何對話，實在不太對勁。

1 長谷川明：一九四九～二〇一四。寫真編輯。曾編輯過森山大道、荒木經惟、深瀨昌久等人的寫真集名作。

2 鈴木和泉：一九四九～一九八六。日本作家、女演員。

3 藤田晴央：一九五一～。日本詩人、隨筆作家、兒童文學研究者。

4 北川麗子：日本影評人。七〇年代開始，在公務閒暇之餘，開始為電影雜誌撰寫各類影評。

5 高平哲郎：一九四七～。日本編輯、劇作家、導演。

6 上野昂志：一九四一～。日本評論家。

7 秋山道男：一九四八～二〇一八。日本編輯、製作人、演員、作詞家、作曲家。

8 櫻木徹郎：日本編輯。一九七四年創刊男同志雜誌《さぶ》；一九七八年創刊以女性為對象的男性同性愛專門雜誌《COMIC JUN》。

9 八代亞紀：一九五〇～。日本演歌歌手、女演員。

10 石川小百合：一九五八～。日本演歌歌手、女演員。

神様

a Books

昭

ira

・スキャンダル

Graffiti

Act 4.

寫真時代的時代

エロ

God of

末

Su

素敵なダイナマ

Dynam

神様

Books

昭

ira

スキャンダル

Graffiti

138

Act 4.

写真時代の時代

1 寫真時代秘話

創刊全新雜誌時，我總是不安。每每要到最後火燒屁股的時刻，工作才會有所進展。在原稿送印之前，我沒有時間不安。入稿送印的進度落後，居然能在發售日按時上架，實在相當不可思議。不是我在辯解，我沒有絲毫怠惰，只是難下決斷。我老是想著一定還能更為有趣，然後就不知不覺超過了入稿截止日。

送印之後，只能等待雜誌發售時，我才會突然陷入不安。到了發售當天，全身都會不安到僵硬。每一個小時都到書店調查堆放雜誌的冊數，只要發現減少一冊，就安心許多。

其實，這種不安感還滿舒服的，似乎是因此上癮，我不斷地創刊雜誌。

創刊雜誌時，大型出版社會進行各種調查，召開編輯會議，製作企畫書，也要進行業務會議，再呈報到幹部會議，然後再次召開編輯會議，需要經過一連串綿密的討論。小型出版社的話，企畫幾乎都是來自總編輯天外飛來的想法，

靠著以往的戰績，在社長的信賴之下，抱著「好！就拚看看吧」的心理，便推出新雜誌，全然像是購買賽馬的馬券。雜誌能否賣得出去，除了依照以往經驗進行粗估預測之外，其他就是抱著不試試怎知道的心態，即使中獎率比賽馬或彩券來得高，最後還是得靠老天爺保佑。編輯常去求神拜佛，奉祀出版神明的神社在埼玉縣浦和，哎呀，我還是別胡說八道，會遭天譴的。

在我發行的雜誌當中，最感到不安的是《寫真時代》。在那之前，我耽溺於《WEEKEND SUPER》的四年承平時期，暫時按捺住心中想要創辦刊物的衝動。正確來說，在這之間，我只創刊了以少年為對象的電影娛樂雜誌《電影少年》，以及色情劇畫雜誌《劇畫屠夫》。其中，《電影少年》發行四期就宣告結束。

總而言之，我對創刊感到有點恐懼。而且，那段期間發行的雜誌幾乎都賣況不佳，《寫真時代》如果完全賣不出去，公司將面臨破產倒閉。

沒想到《寫真時代》創刊號居然印了十三萬冊。《WEEKEND SUPER》也不過四萬而已，這也是導致我不安的原因。

當我感到不安的時候，我會請各方人士協助試閱。只要有一個人表示「不錯耶，賣得出去啦」，我就能放下心中大石，實在是個性單純，容易拐騙。我請人試閱印製完成的《寫真時代》，得到的回應是「社運都賭在這本不得了的作品上呀」。我寧願對方明白表示「賣不出去」，「了不得的作品」反而讓我瞬間陷入谷底。

甚至是前去書店的勇氣，都沒有。經過一個星期之後，我隨興走進下北澤的書店找尋《寫真時代》，卻遍尋不著。我認真以為是雜誌賣不出去，已經全數被退貨。不過，我仍不死心地向店員確認，「請問，這裡有賣《寫真時代》嗎？」店員答道，「那本賣光了喔，已經追加訂書了，應該很快就會進書囉。」

我不敢置信，覺得絕對不可能，於是再前往池袋、新潟的書店，得知很多書店都銷售一空。（我不是特地前往新潟，只是順便而已。）

於是，我緊急調整自己的精神狀態成為「賣得出去，理所當然」。「編輯製作賣得出去的雜誌，理所當然；製作賣不出去雜誌的編輯是殘廢。」——SELF出版的社訓於焉誕生。編輯高聲歡呼「賣出去囉，賣出去囉」，是很粗俗的反

應。編輯想要慶祝時，應該要躲在暗處，自己私下狂笑。

大約半年前，我開始思考推出寫真雜誌。畢竟受到荒木經惟的影響，經常思考照片。《WEEKEND SUPER》連載不少攝影家的作品，荒木經惟、倉田精二、小暮徹。和三位攝影家碰面，最後總是聊到照片的話題。

我對照片毫不了解，常聽到「那個人很了解照片」，不由得質疑了解或不了解照片究竟是怎麼一回事。結果我發現關鍵是語言。看到照片，能否從照片中抽絲剝繭出各種語言，就是了解和不了解照片的區別。總而言之，照片是為了照片論而存在的。

然而事實上，很多照片無法納入照片論的範疇當中。例如在照片沖洗店沖洗3×5尺寸的旅行紀念照片，相簿中以炸藥殉情的母親照片，週日固定前往公園尋找少女、戀童少年拍的照片，銷售上萬冊的塑封本照片，夫婦互拍裸體的拍立得照片，廣告照片、快照、靈異照片、幽浮照片等，這些幾乎都沒有所謂的照片論。

沒有照片論的照片，被相機雜誌、寫真雜誌排除在外。我想盡量運用這些被

の神様
rn Books
昭
kira
トスキャンダル
Graffiti

寫真雜誌拋棄的照片，製作寫真雜誌。有人丟就有人撿，我說這是撿垃圾。然而，完全沒有照片論的照片，無法獲得寫真雜誌的入門許可。想要進入寫真雜誌，就必須穿上照片論的衣服，任何地方都不歡迎全身光溜溜的事物。

為全身光溜溜的照片穿上嶄新照片論的衣服，為人母般的慈祥便會油然而生。我希望這種慈祥的照片評論家能夠越來越多。因為，無論是寫真雜誌或是相機雜誌，完全不提及熱銷熱賣的塑封本，甚至有許多評論家認為「那種不能稱為照片」。我能了解那層意思，但是不設法拓寬照片領域，容易窒息啊。

能夠充分了解這些狀況的攝影家就是荒木經惟。最初，我打算將寫真雜誌的名稱訂為《荒木主義》，並邀請荒木先生擔任責任編輯，製作這本寫真雜誌。我向荒木先生提出這個想法，經過商討之後，他表示，「這樣會製作出一本過於優秀的雜誌，遭到大家的討厭。」雜誌名稱《寫真時代》是和荒木先生討論後決定的。相較於既有的寫真雜誌，內容相當離經叛道，所以名稱必須正經八百，《寫真時代》這個再正統不過的名稱於焉誕生。

雜誌採用的照片無視囉嗦繁複的照片論，唯有無視，才能催生全新的照片

論。我就是天皇，不，我是希特勒，不，我是托洛斯基[1]。基本上我偏好誇張，所以誇張照片的刊載率很高。相較於大嬸的裸照，大家更想看年輕女性的裸照，所以刊載少女照片的機率很高。相較於輕鬆拍成的照片，費盡千辛萬苦拍攝而得的照片，背後故事更為吸引人，所以刊載率高。照片挑選基準就是如此單純，如果想要向編輯部毛遂自薦的話，帶來的照片請參照上述基準。

然而，望著那些以登上雜誌為前提、拍攝而成的照片，經常都是失望收場。在那些拍攝者的腦海當中，已形成好照片、壞照片的既有印象，透過好照片印象拍攝而成的「好照片」，多半有似曾相識之感。

真正了不得的照片，多半是絕不展現在他人面前的照片。不惜耗費鉅資、設法和五萬五千位名人合照的人，興趣是收集屍體照片的人，專門拍攝在大島跳水自殺和日出的人（編輯部透過山本晉也[2]尋找這位人士，目前只知道他人在東京），連續三年在甲子園中、從啦啦隊女郎兩腳正下方拍攝股間的人。這些人的照片才絕對了不得。不過，尋找這種照片相當耗神，如果找到，即使要我下跪磕頭才能獲得刊載許可，我都願意。不過，這些照片都不展現在他人面

前，無從找起。

總之，《寫真時代》的編輯方針，立刻在我的腦中成形，同時也認為，「這本雜誌肯定是一本了不得的雜誌。」因此，我只有些許的不安，當創刊號銷售一空時，我躲在暗處仰天狂笑了三聲。

一年之後，《寫真時代》有了後代《寫真時代二世》。我對於這本雜誌，沒有任何不安，並非擁有絕對熱銷熱賣的自信，而是自信即使操作有誤，也不會全軍覆沒。我不打算說明這本雜誌的概念，因為一旦洩露天機，可能導致父子雙亡。

我不知道榮景將持續多久，《寫真時代》在一年之後仍然繼續熱賣。不過，《寫真時代》在創刊號時就背負著重大的不幸，因為創刊號銷售一空。

提筆至此，內心想著：「如何？各位覺得不服氣嗎？」這篇文章即將結束，我沒想到自己能夠寫出這種份量的文章。我由簡而繁地寫下這篇文章，接下來還有其他文章，所以各位如果就此打住，不再往下閱讀，我也傷腦筋。總

之，文章門外漢的我能夠在十天之內，寫下這篇文章，我得先誇獎自己實在做得不錯。

2 荒木經惟論

第一次遇到荒木先生是在昭和五十一年（一九七六）的春天。當時我是雜誌《NEW SELF》的總編輯兼取稿員，雜誌邀請荒木先生撰寫〈妄想記〉，我必須前往三之輪取得手稿。

取稿（聽起來像是要去討債）對我而言，就像是一趟小旅行。當天剛好國鐵和私鐵進行罷工，雜誌的編輯部位在高田馬場，想要前往三之輪，唯一的交通方式只剩下都電。那天應該是我第一次搭乘都電，如果是山手線，總有車站大樓、站前商店街、站內賣店、隨處可見的站員，還有大鐘，整座車站就是一副傲視群雄、不可一世的模樣。但是都電的車站，多半位在看似民宅後院的地區，電車悠悠閒閒地、似乎像是叨擾大家、請多見諒般地行駛在宛如小巷弄間

的路線上，從車窗望去，有時還可望見一家團圓用餐的景象。

從高田馬場到三之輪的車程約一個半小時吧。我十分享受這趟暖洋洋、慢吞吞的難得小旅行，荒木先生知道我搭乘都電前來取稿，似乎也有些感動。由此可知當時我的編輯工作多麼悠哉。

荒木先生曾經寫下那次我帶上自己編輯的寫真集《萌芽》，做為伴手禮，寫真集內容是讓各式各樣的女孩子穿上同一件水手服。其實這是日後才發生的事情，那天我根本兩手空空地前往取稿。

喫茶店內播放著歌謠，荒木先生將手稿擺在桌上，驚人的大嗓門對我說道：「你先看看吧！」那時我才知道取得手稿之後，必須當場閱讀。在那之前，我都直接將手稿收到包包當中。說來羞愧，我一直以為這是一種禮貌。

《NEW SELF》是徹頭徹尾的色情雜誌，標榜著「挺起來吧！男人興奮的雜誌」，這是我首度參與編輯工作的雜誌。這本雜誌現在已然成為夢幻逸品，在神田的舊書店中很難找到，即使幸運發現，價格卻貴得嚇人，一冊可能高達三萬日圓。

推出《NEW SELF》時，處於色情書刊黃金時代末期，「愛」不似現在能夠恣意妄為。色情書刊的勢力範圍明確清楚，也銷售得不錯。因為銷售得不錯，創刊號的色情度原本是百分之百，後來色情度逐漸蒸發，減為百分之八十、百分之五十。即使如此，色情書刊仍舊暢銷熱賣。

不屬於色情的其他部分，就是〈中華涼麵思想的研究〉、〈嵐山光三郎先生的性生活改善講座〉、〈秋山祐德太子的事前運動訪談〉、〈三上寬・池田福男的突襲驚艷體談〉、塔摩利或粉紅淑女的訪談，田中小實昌、赤瀨川原平、林靜一的散文，平岡正明的性欲論，以及荒木先生的〈劇寫・女優〉。或許有人認為荒木先生的照片是色情，不過我並不覺得色情。關於這一點，稍後再述。

拜託撰文或照片拍攝的作者，都是我非常欣賞的人士。因為非常欣賞，所以衷心期盼能夠一睹本人的風采。如同大阪世博太陽塔作者岡本太郎的名言「玻璃杯底也可以有臉啊」，色情書刊當中也可以有這些人士的照片和報導。說起來害羞，這些事情對我而言可是十分新鮮。

荒木先生的〈妄想記・雪子之死〉刊登在昭和五十一年（一九七六）七月號。

三個月後的十月號則開始連載〈劇寫・女優〉。當時，我已經分不清自己編輯的雜誌走向是否為色情書刊；不過，將其視為色情書刊絕無置喙餘地，而且銷售相當不錯。對於色情書刊出版社而言，那時真是一個美好的時代。

當時，荒木先生和前「WORKSHOP寫真學校」荒木教室的學生等人，共同在電話亭內辦展，或是在車站月台上向人展示照片；或是行李裝滿照片，前往原宿銷售照片，每張售價一百日圓。他從事著各式各樣的藝術。他也在雜誌《GARO》連載浪漫的照片，拍攝養樂多的廣告照片，也舉辦自己的個展，那時候他早已忙得不可開交。

〈劇寫・女優〉系列是每個月拍攝一位女孩，我負責尋找模特兒。預算不多，所以我必須以藝術之名說服對方。「這是藝術，請接受一萬日圓的微薄報酬。」有些女孩聽了會回答，「真的是藝術嗎？如果是藝術的話，我可以試試耶！」當時仍是藝術能夠暢行無阻的時代。

就在荒木先生說著「藝術，藝術，好，那件拿掉」，女孩漸漸變成全身赤裸。有些女孩剛開始會排斥赤裸，然而只要說是藝術，不可思議地，女孩都願

意脫得精光。我不禁重新認識到藝術的威力。藝術彷彿是水戶黃門的令牌「印籠」，通行天下。我非常佩服巧妙運用藝術的荒木先生。藝術也適用在橫濱夜總會的酒店小姐身上。不過，當我們試圖讓酒店小姐脫得精光時，被駐日外國人（應該是美國人）的皮條客追打。藝術畢竟無法適用在聽不懂日語的外國人身上。

拍攝行程多半會造訪女孩子的房間。進入房間之後，女孩子正在睡午覺，日常生活完全攤在眼前。攝影家通常忠於寫實主義，看到真實生活，就想拍攝。這種照片通常光線昏暗，荒木先生常說：「我不想搞得晦暗陰鬱。」他真是為人著想的好人啊。

這個時期，我開始認為荒木先生的照片不適合色情書刊。色情書刊的製作來自於男性單方面對女性的幻想。說得極端一點，那是男性幻想的愛，認為這種愛都充滿在女性的洞穴中。荒木先生視洞穴為風景，拍攝照片是愛、是性愛。「我曾經瞞著『廣辭苑』，將超越現實、令人感受到情愛的女性，定義為女優（女演員）。所有的女性其實都超越現實，令人感受到情愛。所有女性都是女

つ神様
rn Books
昭
kira
トスキャンダル
Graffiti

優。」這個系列在結束之後，整理成書，這個名句就寫在《劇寫．女優》的後記裡。對此，小學館曾提出抗議。女性令人感受到情愛，所以即使變成照片，也無法成為色情。因此，荒木先生的照片不同於色情照片，是走在時代尖端的。因為，所有女性都成為女優，從洞穴不斷湧出「愛」，傲視世人，唯我獨尊。色情書刊的編輯現在應該感到十分棘手，因為，如此一來，色情書刊只能不斷地朝變態方向演變了。

總而言之，我想說的是願意在色情書刊上刊載荒木先生照片的編輯，真是太了不起了。即使色情雜誌刊載荒木先生的照片，雜誌仍然熱銷大賣，對色情書刊而言，果然那是個美好的時代。

可是，就在嘴上說著美好時代、美好時代之際，《NEW SELF》遭到禁止發行，第二期也被同時禁止發行。我抱著勇往直前的心情繼續發行，沒想到下一期仍是遭到禁止發行，最後終於在第十八期被勒令廢刊。

雜誌廢刊之後，連載通常就是「感謝一路以來的辛苦，就此結束」，然而

〈劇寫・女優〉沒有因此畫下句點。在只出一期的《粉紅豹》，以及後來創刊的《WEEKEND SUPER》上，這個系列都重開連載。《WEEKEND SUPER》這本雜誌像是電影雜誌，也像是娛樂雜誌，又像是色情雜誌，是一本連從零打造的本人也不清楚的雜誌。雖然是不清不楚的雜誌，但是非常熱銷，所以在這個時候，我對自己的才能非常有自信。

在《NEW SELF》當中連載的〈中華涼麵思想的研究〉，此時已成為雜誌《小說雜誌》。奧成達提供全面的協助，我除了擔任總編輯之外，也負責企畫荒木先生的單行本《男女之間有寫真機》。我變得十分忙碌，荒木先生則是依舊忙碌，不過從《WEEKEND SUPER》之後，荒木先生逐漸必須負責兩大連載，變得更為忙碌。

〈劇寫・女優〉之外，再加上〈偽現場採訪・東京色情寫實主義〉系列。這個〈偽現場採訪・東京色情寫實主義〉系列，在天皇誕辰紀念日前往皇居，然後回程前往池袋夜總會日之丸；或是和八代亞紀見面；或是貼身跟著保險套女銷售員一整天；或是前往海邊遇見溺死的老人屍體；或是前往道館觀看女子踢

の神様
rn Books
昭
kira
トスキャンダル
Graffiti

拳；或是前往脫衣舞廳、夜總會、成人禮會場、賓館等；或是搭乘信鴿巴士。後來，系列歸納整理成單行本《荒木經惟的偽現場採訪》。我覺得這個系列最具荒木風格，充滿活力，而且具有照片論的現場採訪，所以我非常喜歡。〈劇寫・女優〉系列在連載二十回之後告一段落，立刻開始〈哀愁・色情浪漫・戀人〉系列。在〈偽現場採訪・東京色情寫實主義〉之後，展開〈荒木經惟的偽日記・東京色情主義〉系列。

《小說雜誌》發行六期之後廢刊。不過，我也沒閒著，立刻創刊《電影少年》。在《電影少年》裡，連載〈荒木經惟的少女朋友〉。

於是，在我創刊的所有雜誌當中，必定有荒木先生的連載。所有的連載成為荒木宣傳自我的媒體——荒木媒體。〈劇寫・女優〉、〈偽現場採訪・東京色情寫實主義〉、〈哀愁・色情浪漫・戀人〉、〈少女朋友〉、〈荒木經惟的偽日記・東京色情主義〉都是荒木先生為了宣傳自己而隨興賦予的標題。我認為這種自我宣傳，才是最引人趣味之處。

荒木先生常說攝影家不能憑藉著自己的印象進行拍攝，若能仔細觀察現實狀

況或實際物品，自己的印象就能瞬間消逝。荒木先生的自我宣傳，就是他和這些現實或實際物品的關係，換句話說，這就是荒木先生的生存方式。

荒木先生和八代亞紀、荒木先生和天皇、荒木先生和編輯、荒木先生和麗奈、荒木先生和篠山紀信、荒木先生和少女、荒木先生和陽子……，其中關係的證明，我們能夠透過照片和文章得知。因此，荒木先生的照片不會只有一張，而是全面展開整段關係。

〈荒木經惟的偽日記．東京色情主義〉是使用顯示日期的傻瓜相機拍攝而成的相片，再加上日記所構成的系列。後來，這個系列也發行單行本，但捨去所有文章，只以照片重新構成。挑選這本寫真集的照片時，荒木先生剔除具有作品風格的照片，只剩下「來，笑一個」的照片，這本寫真集可說是凝聚這些瞬間的極致作品。荒木媒體為了宣傳自我，所以在雜誌上租借一方空間，可以說是在媒體中的媒體、雙重媒體，並如加拿大哲學家麥克魯漢所說，媒體即訊息。

我不曾翻閱占星書，不知道同為雙子座的兩人是否合得來；不過，我和荒木

先生都是容易厭倦生膩的個性。雖然我認為編輯的個性應該要容易厭倦生膩，但是我真的過於容易厭倦生膩。例如這篇文章，編輯請我撰寫二十張稿紙的份量，寫到第十四張時，我已經感到不耐煩了。沒想到，荒木先生的容易厭煩更有過之而不及。

在讀者尚未感到厭煩時，我已經不耐煩了，荒木先生更不耐煩。而且我們或多或少都能夠察覺到對方已經感到厭倦。於是，連載通常就在荒木先生「已經差不多了吧」宣告結束，展開全新系列。這種步調剛好非常適合我的雜誌編輯，而且每個系列當中，每次都不想進行相同的事情。荒木先生這種立刻厭煩的個性，加上投入的心力和服務精神，我衷心感謝。雜誌就是需要永遠充滿新鮮和驚奇。

我相信原因不只是因為容易厭煩，《電影少年》連載荒木先生的〈少女朋友〉，僅發行四期就遭到廢刊。不過，連載四回的〈少女朋友〉，兩年後，在《寫真時代》重開連載。

《WEEKEND SUPER》居然持續了四年，不過這本既像是電影雜誌、也像是娛樂雜誌、又像是色情雜誌、曖昧不清的刊物，終究來到滯銷的階段。於是，我想或許需要一本方向明確的刊物，於是打算製作一本全部都是荒木經惟媒體的《月刊・荒木主義》。

不過我和荒木先生討論之後，決定作罷，改為推出《寫真時代》。

在《寫真時代》當中，荒木先生擴充為三大連載，卷首先是荒木先生的彩色照片〈景色〉，然後是延續《電影少年》的〈少女朋友〉，再來是〈荒木經惟的寫真生活〉。同一個人在一本雜誌上擁有三大連載，實在少見；可是，荒木先生將三個連載發展成完全迥異的專欄，所以即使是四大連載、十大連載都不成問題。

《寫真時代》調查以往的寫真雜誌和相機雜誌，找尋雜誌無聊不有趣的原因，發現寫真的趣味部分都遭到捨棄，彷彿是又柴又乾的秋刀魚。於是我決定撿回那些被拋棄的事物製作雜誌。

我向荒木先生提出這個想法，他表示不錯，只叮嚀兩人一起擁有的人頭照

)神様
n Books
昭
ira
、スキャンダル
Graffiti

片，盡量遠離刊載自己的頁面即可。

創刊號推出之後，我表示「社運都賭注在這本雜誌上」，得到的對方回應「社運都賭在這本不得了的作品上呀」，雖然讓我感到有些不安，不過創刊號確實銷售一空。

我會開始製作寫真雜誌，或多或少是受到荒木先生的影響吧。我們天南地北地聊著各種事物，最後一定會談到寫真論。我曾經想過莫非荒木先生滿腦子只有照片嗎？不過，和他談論這些話題，自己也越來越關注照片。

荒木先生翻出挖箱寶，大方地獻上以往拍攝、從未出示的名作。相信每個人都能清楚看出他真的是擅長拍攝的能手。去年春天開始的荒木風潮當中，荒木先生拍攝照片的過程蔚為話題。在街上遇見女子，一起用餐，然後前往賓館……，整個過程日常卻又超現實。

我覺得照片拍攝之前的過程最為有趣，於是思考能否以一本雜誌專門只刊載這些過程。沒過多久我就推出《寫真時代二世》。說到底，這本雜誌的靈感也

是來自荒木先生。

在《寫真時代二世》裡，荒木先生的連載為〈ARAKISS〉。

3　末井昭的自我慰勞日記

日記像是少女會做的事情，或像是民謠。表示自己在寫日記實在害羞，不過，我的確在寫日記，真是羞於見人。然而，更害羞的是打算將日記向世人公開，此時的我已經滿臉漲紅了。

雖說如此，我並非每天持續寫日記。我的日記多半是突然開始，持續兩三個月之後，又突然停筆。這種狀況已經持續十年以上。統計分析以往寫日記的歷程，結論是因為沒有活力。當我活力大失，覺得「啊，今天吹來的風，令人備感哀愁啊」時，會陷入一種自己是文學家的心情。

即將公開的日記始於一九八一年十一月十三日，結束於一九八二年四月三日。這是我首度向世人公開日記，彷彿是被人瞧見正在自慰、趕緊慌張地拉起

褲子。

〈十一月十三日〉出席日本職業攝影師協會會報——寫真雜誌舉辦的總編輯座談會。接到邀請時，最初難以置信。自認《寫真時代》是不良雜誌，通常家長會絕不會邀請這種不良人士前來「一起談話」，其中必定有詐，說不定打算藉機訓誡。如果對方打算訓誡一番，身為不良的自己也必須備妥說詞，只是後來自己嫌麻煩而放棄。前往四谷的JPS[3]事務所時，《朝日相機》、《相機每日》、《日本相機》等總編輯已經到齊，正在聊天說笑，每個人都西裝筆挺，繫著領帶，個個像是政治家。穿著牛仔褲和休閒上衣匆忙抵達的自己，不禁被現場氣氛震懾。等到《CAPA》、《攝影師》的總編輯也到場之後，座談會開始。我覺得自己像是暴走族，打算大鬧一場，不過又有一種被傳喚到老師辦公室，只有自己一個人被罰站、突然緊張起來。最後，也只能針對提問進行回答，深感扼腕且不滿。匆忙搭乘計程車回到出版社，接受《週刊現代》南伸坊的採訪。然後再到四谷的酒吧「WHITE[4]」，深夜兩點回到出版社。雖然還有未完

的工作，實在太睏了，所以立刻掉頭回家。

〈十一月十五日〉雖然是星期天，為了荒木經惟〈哀愁・色情浪漫・戀人〉的拍攝，前往明治神宮。今天是七五三兒童節，在偕同模特兒插入賓館之前，荒木先生要求先在明治神宮街拍，所以早上十點在明治神宮的入口集合。為了拍攝十一月二十一日在「第二次荒木主義宣言」上放映的電影，從新宿電影借來十六釐米電影攝影機，帶往明治神宮。相較於從前使用的寶萊克斯，借來的佳能十六釐米電影攝影機更輕巧好用。瀨戶山和森田前來明治神宮幫忙拍攝，然後前往荒木先生位於神樂坂的事務所，拍攝一會兒，再到新宿和模特兒集合、用餐之後，直接插入新川飯店。荒木先生利用休憩的兩個小時進行拍攝，也拍攝正在剃毛的情形。結束之後用餐，再去喝幾杯，清晨一點返家。

〈十一月十六日〉昨天的疲勞尚未恢復，在公司開編輯會議實在吃不消。我一直掛心〈荒木主義宣言〉的宣傳不夠。傍晚在六本木迪斯可舞廳，舉辦荒木

先生的《女高中生偽日記》電影暨書籍完成紀念酒會。在媒體大陣仗架設的相機之前，荒木先生變身成為俘虜兩名女性的流氓。荒木先生果然了不起，最近沒什麼活力的我，深自反省。途中，和森田前往大日本印刷校正《寫真時代》。回程張貼了一些《荒木主義宣言》海報。一點返家。老婆說：「不能早點回家嗎？」

〈十一月二十日〉前往在早稻田附近的大日本印刷，校正《荒木主義宣言》海報，回程和森田一起張貼海報時，被警察逮捕，帶到牛込署，偵訊完畢已經半夜三點半。搭乘計程車回家，明天公開的電影剪接還沒完成，勉強撐著工作，結果不小心睡著，感冒了。

〈十一月二十六日〉「第二次荒木主義宣言」也結束了。荒木先生的書也出了兩本。這個月的《HEAD LOCK》也出版了。整個人好像洩了氣般，毫無活力生氣。而且感冒還未痊癒。反正對外是宣稱被帶到牛込署地下室遭到拷問，所

以感冒。

〈十二月一日〉早上五點起床。為了演出日活電影《天使的皺褶・赤色淫畫》，前往新宿喫茶店。集合時間是七點，自己提早十分鐘抵達，工作人員都已經到齊。我不認識任何人，在角落的椅子坐下，結果導演池田敏春出聲詢問：「您是末井先生嗎？」我演出的場次是在喫茶店和兩位塑封本模特兒說話，兩位模特兒是泉純、栗田洋子。我的台詞只有一句：「那是被害妄想啦，我覺得你就是那種女人。」導演下指示說道：「末井先生，你的屁股可以坐前面一點，抽著菸，擺出更威風八面的態度。」當我說錯台詞時，坐在我對面的栗田洋子不禁笑出，我反而覺得輕鬆許多。

〈十二月二日〉協助銷售色情錄影帶的友人設計標籤和商標，結果得到一大堆真槍實彈的色情錄影帶。半夜看到腦袋打結，感嘆錄影帶實在適合色情，雜誌完全無法比擬。

)神様
n Books
昭
kira
トスキャンダル
Graffiti

〈十二月十九日〉昨天是平岡正明・上杉清文對談集《抱歉啦》出版紀念酒會。今天去參加ＪＰＳ的尾牙。明天是SELF出版的尾牙，然後接到北宋社的尾牙、「The Stars」解散紀念尾牙、櫻木編輯室的尾牙、《報知新聞》的尾牙等邀請，接下來的日子，行程塞滿了宴會，太棒了。

〈十二月二十三日〉友人松浦來公司閒聊，下班後一起去粉紅沙龍。在一片漆黑的店內，只有酒店小姐的白色禮服在紫外線燈的照射下，散發著白色光芒，彷彿只有白色禮服在行走，看起來十分詭異。Ａ方案是一人一萬日圓，各自被引導到最後方的包廂之後，酒店小姐突然就一屁股坐在膝上，害得我的腳疼痛不已。我問道：「你要怎麼服務呢？」對方答道：「問我要怎麼服務，我怎麼知道呀，總之，今晚我就是您的人了，任憑差遣。」任憑差遣，我也不知道應該如何是好，總之先輕輕摸摸她。走出店外，廉價香水的味道久久不散，我趕緊衝進車站的廁所洗臉。

〈一月四日〉過年都在泡在電視前面，覺得電視的說話速度，至少比日常對話快五倍。《寫真時代》的單色部分尚未送印，雖然是大過年，仍然前往公司。打開空無一人的公司門鎖，從賀年卡當中挑出寄給自己的賀年卡，回函謝卡。和喜愛之人去觀賞費里尼的《女人城[5]》。

〈一月八日〉熬夜製作《寫真時代》的草稿。「很想吃壽司耶！」於是半夜和森田到處找壽司店。「不過，壽司店其實很可怕耶」「對呀」「最近增加不少廉價的壽司店，所以客人都跑光了」「金額公開透明、童叟無欺的店」「沒錯，壽司店其實也像夜總會啊。點海膽，就像是手伸進酒店小姐的裙下，不知道要被坑多少錢」「可以採取事先付錢制度」「事先付錢制度不錯耶，不過『歡迎光臨』都太大聲了，很嚇人的。腳才踏進半步，聽到那聲音，似乎就逃不了了」「對啊」「萬一不小心說出『怎麼這麼貴！』『客官很不上道喔』」「上道一詞很恐怖啊」熬夜總算完成草稿，白天前往三溫暖，然後補眠。

〈一月十一日〉島本告知，湯島的宵夜俱樂部將舉辦土耳其女郎新年會，邀我同行。參加之後，現場是選曲毫無章法的兩個樂團輪流演奏，已經是清晨三點了，土耳其女郎卻個個活力十足地又唱又跳。服裝是新傳統風格。店內燈光昏暗，瞬間有種來到曼谷的氣氛。一位土耳其女郎、我、島本，以及攝影師山崎順路來到 HAND-JOE 事務所。我實在很睏，不知不覺就睡著了。醒來發現只剩下我和島本。島本一臉蠟黃，我不禁脫口而出：「你該不會是黃疸吧！」

〈一月十三日〉半夜突然接到電話，話筒那端傳來「我就要死了，快點過來」。我匆匆搭乘計程車趕去。老婆問道：「怎麼了啦？什麼事呀？至少告訴我理由啊！」（省略）結果一夜未眠，來到白天營業的喫茶店，撰寫今天截稿的《BRUTUS》雜誌稿。拿起筆來，腦袋還在縈繞著電話的事情，完全沒有靈感。

〈一月十八日〉前往橫濱申請護照，順便到山下公園散步，登上橫濱海洋塔。

〈一月二十四日〉島本果然肝臟不好，住院治療。下午三點和岩田一起前往橫濱的醫院探病。探病伴手禮是刊載全裸照的雜誌，抵達病房時，島本正在用餐。他無法進食，只能吊點滴，一瓶點滴需要三小時才能打完，他等於用手腕在進食。看他的臉，連眼睛都是蠟黃色。即使如此，他將自己獲得的探病伴手禮，分送給護士，看來他已經找到娛樂自己的方式了。

〈一月二十六日〉我必須思考《寫真時代》的落版，所以將常用的筆記用紙擺入口袋，前往新宿。通常習慣邊走邊思考企畫，或是前往喫茶店。來不及時，便在喫茶店等場所思考，並下定決心在完成之前絕不回家。突然想大便時，就前往新宿車站的付費廁所。沒想到這裡的清潔大嬸竟然認得我，打開廁所門之後，立刻聽到：「哎呀！稀客稀客，為什麼最近都沒來呀！」在廁所門前聽到「為什麼最近沒來呀」，真是五味雜陳的心情。

神様
n Books
昭
kira
トスキャンダル
Graffiti

〈一月二十七日〉預定春天推出的雜誌企畫尚未定案。我東想西想，或許來個《文藝春秋》般的綜合雜誌，內容就胡亂拼湊吧。或是類似《熱血相機》、以少年為目標的相機雜誌。製作雜誌，自己如果不夠認真，將會缺乏說服力。就像是恐嚇，必須要有點被害者意識，再加強擴大為憤怒。可是，在那通電話之後，心情就一直盪在谷底，究竟是為什麼呢？

〈一月二十九日〉沒精神時，就想反省目前正在進行的事情。鈴木和泉說「反省就是墮落」，然而沒精神就會墮落。早上，接到警視廳的召喚，前往櫻田門。因為沒有精神，必須壓抑想要真心反省的心情，寫下一成不變的悔過書。每次結束之後、走出警視廳時的解放感，實在非常舒爽。心情舒爽，所以前往日比谷公園散步。黃昏和北島敬三[6]會面，決定十一月推出寫真集。在新宿獨自一人喝酒，想到春天推出的雜誌名稱可訂為《寫真時代二世》。今天真冷。

〈二月二日〉前往橫濱領取護照，又再到山下公園散步。黃昏，在赤羽與石

內都[7]、陽子小姐、倉田精二[8]等人集合之後，一起到醫院探視矢田卓。矢田太太引領我們來到矢田的病床前。本來聽聞他已經不行了，沒想到他逐漸恢復精神，令人欣喜。我將帶來的寫真集交給矢田，矢田很開心地一本一本翻閱。這間醫院都是老人，矢田聊著老人半夜將大便塗在床上，還有老人什麼都吃，最後微笑說：「別看我東拉西扯地說了這麼多，其實我的內心一片黑暗。」據說他的下半身還無法動彈。

〈二月三日〉在高田馬場的餐廳用餐時，聽到隔壁桌的兩位女子談論「我覺得糸井重里是天才喔」。前往書店尋找香港的旅遊指南，已經決定二月十日前往香港。金田表示ＪＩＣＣ出版打算推出我的訪談集，所以和他在喫茶店進行討論，看來我只需要張嘴說話，版稅就會排山倒海而來。

〈二月四日〉偕同老婆前往東京體育館觀戰全日本摔角「新春巨人系列」。場邊觀戰票價一萬日圓。土田宏美[9]前來拍照，在場邊繞圈打轉，一旦發現場外

神様
n Books
昭
kira
トスキャンダル
Graffiti

亂鬥，就飛奔過去拍照。獻給摔角選手的花束是俗艷廉價的康乃馨。最初出戰的組合很差勁，飛踢時，腳距離身體還有五公分。當所有觀眾齊聲吶喊「馬場！馬場！」時，鄰座臉色蒼白的少年細聲細氣說著「韓森，韓森」。馬場下垂的屁股實在令人不勝唏噓。

〈二月五日〉我發現自己好像沒有明確的家庭印象。我的原生家庭似乎超乎常人想像的異常，讓我對家庭這個詞印象模糊，每每觀看電視的家庭劇，總覺得太過虛假。和鈴木祐弘、上野昂志會面。之後和金田約在新宿碰頭，接受採訪。談起自己的事情時，說半天也說不出個所以然，看來前途灰暗。

〈二月六日〉荒木經惟的拍攝行程。模特兒森田遲到四十分鐘。穿過新宿西口的高層大樓街區，來到新宿中央公園進行拍攝。今天是星期六，凱悅、京王廣場等飯店都是滿房，只好改往石川旅館。走進房內，發現擺著伴唱機。大家都是在性交之後歡唱呢？還是先唱再做呢？和明子小姐約五點集合，結果拍

攝延遲，遲到了兩個小時。在 DUG[10] 和荒木先生、楠木先生、明子小姐參加《美登利》的出版紀念會。

〈二月九日〉在三鷹和劍持加津夫[11]見面，商借我曾猶豫使用與否的墮胎照片。昨天新日本飯店傳出火災消息，今天是日航飛機墜落在羽田機場外海。我和劍持談起自己即將前往香港，他說，「會墜機喔，即使沒有墜機，那邊是個駭人的地方，你無法平安生還的。」我向西川借用香港行的相機，西川說，「在相機上綁上小狗平安符。」大阪藝大的人想在展演空間進行寫真秀，前來公司商量。進行《熱血泡芙》、《魅力無窮的怪胎》的裝幀和內頁設計。和北島、川木、基，以及其他四、五位人士開會。黃昏，討論在東京樂天地溫泉舉辦 HAND-JOE 事務所成立之事，只決定要盛大舉辦。兩點返家。

〈二月十日〉和妻子在新宿用餐，再一起到上野為我送行。西北遠航六點出發的班機，延遲三十分鐘，終於起飛。抵達香港時已經過了晚上十點。搭乘計

神様
n Books
昭
kira
トスキャンダル
Graffiti

程車前往預約飯店，登記入房之後，立刻潛入夜晚的香港。

〈二月十一日〉夢到工作而驚醒，一時不知道自己身在何處。前往香港島，搭乘登山纜車來到山頂。在富士電視台採訪五輪真弓的餐廳用餐，然後在香港島上到處走走，累壞了。和香港人擦身而過時，聞到像是進入賓館時灰塵瀰漫的味道。在書店尋找寫真的書。回到尖沙咀，在飯店稍事休息之後，晚上再上街出遊。

〈二月十二日〉八點左右醒來，再睡回籠覺。打電話給友人引介的《音樂一週》的珍妮，約定明天兩點半在飯店大廳見面。前往美麗信酒店享用早餐，這裡放眼望去都是日本人。突然下起雨來，躲進電影院，觀賞功夫片。街上閒晃，日本人都成群結隊，一眼就能夠辨識，相較於香港人，日本人的表情非常柔和，像是沉浸在極度的安心感當中。中餐享用鯉魚。香港人用餐時非常認真，不發一語，只顧著吃飯。繼續在街上閒晃時，操著一口破日文的皮條客大

叔向我搭訕，邀我一起去喝啤酒，不斷向我推銷新鮮貨。我對新鮮貨沒什麼興趣，詢問是否有其他推薦項目。他說，「興奮劑如何？興奮劑啊，日本，興奮劑、韓國貨糟糕喔，香港的德國貨，有很不錯的呢！」他向我推銷興奮劑。他不僅向美麗信飯店的日本客人推銷女郎，也多角經營興奮劑、大麻、ＬＳＤ。晚上，看到相當詭異的招牌「京城理療院蒸氣穴位指壓」，不過我決定走進去試試。

〈二月十三日〉搭乘地下鐵前往九龍。超高大樓像是緊抓著陡峭堅硬的岩石，密集地建造在山上。以比率看起來，大概都有新宿高層大樓的高度，不過寬度都很窄，看起來像是迷你模型，地基相當不穩，萬一發生地震，肯定全部倒塌。幸好沒有地震，這些高層建築才得以安穩坐鎮於此。車站附近類似日本，設有快餐店、車站大樓的百貨公司。走進公寓瞧瞧，發現整個貧民窟化。在飯店等待珍妮，她遲遲不現身。晚上和王先生見面用餐。明天我想再去看看窮人。

〈二月十四日〉被妻子的國際電話吵醒。今天前往九龍城。旅遊指南寫著觀光客千萬別去九龍，我想除非發生戰爭，否則不至於危及生命吧。抵達九龍城之後，發現幾乎都像是遭到破壞的景況。然而極度貧民窟化，身處其中非常有趣。為什麼自己喜歡看窮人呢？幾個孩子看到我手持相機，纏著我拍照，相當煩人。大人穿著髒亂，孩子還算整潔。貧民窟中又黑又暗，我不敢走到底。大白天，所有人都在打麻將。逛膩了九龍城，前往香港島搭乘天星小輪。許多男女緊緊相擁，以前到印度時，根本看不見擁抱的男女；曼谷則看到一些，香港再多一些，東京更多。在夜市享用文蛤和鮮蝦。香港已經逛膩了。返回飯店，預約早晨的電話鬧鐘服務，早早就寢。

〈二月十五日〉八點半辦理退房。搭乘計程車前往機場，坐在機場的板凳上，從面前走過的日本人，透明提袋當中裝滿約翰走路黑牌威士忌或卡慕白蘭地，不禁疑問為什麼日本人這麼愛喝酒。四點抵達成田。在新宿和吉本等人見

面狂歡。到家已經十二點，好累呀。

〈二月十六日〉看來在香港就感冒了。西川表示 Dynamic Sellers 打算出版我的書。黃昏和森田、入江小姐一起去喝酒。森田撫摸入江，各種動作親密，媽媽桑怒氣衝天地斥責：「想做這些事情，請到同伴喫茶店。末井先生應該了解我們是什麼樣的店，你們這群人簡直在胡鬧。」我根本不知道這是什麼樣的店，總之今後絕對不再光顧。三點返家。

〈二月二十日〉九點起床，鑽進暖桌之後又睡著了。都是暖桌的錯，我原本打算早上出勤上班啊。黃昏，參加西井一夫[12]的《印有日期的寫真論》出版紀念酒會，見到荒木先生、荒戸源次郎[13]、森山大道、倉田精二、桑田甲子雄。獲得引介，認識了中川正昭[14]和江成常夫[15]。一會兒之後，木村恆久[16]抵達會場。他正在為《寫真時代》進行蒙太奇拼貼。因為有事需要和木村先生討論，所以前往帝國飯店。木村先生走在飯店大廳當中，高聲喊著：「拉麵，拉麵！」

我問飯店門僮，「有沒有拉麵？」門僮回答，「這裡不是那種有拉麵的店。」續攤前往新宿的「唯唯」。一點返家。

〈二月二十一日〉雖然是星期日，和木村恆久、情報中心的人，以及森田，駕駛輕型箱型車前往秋川市，拜訪以前曾在美學校的田中力。木村先生七〇年代的作品，全部保管在田中家裡。除了前去拿照片，順便實地拍攝下一次的蒙太奇拼貼《瑪麗蓮夢露的出嫁》。途中，和木村先生討論《片桐機長的逆噴射》蒙太奇拼貼。幾年沒見田中力，真是開心，還品嚐到自然食物的醃蘿蔔。木村先生和田中力聊天，不過看起來很在意下一次蒙太奇拼貼的背景。在拍攝幾張照片之後，離開田中力的家，前往木村先生在六本木的工作室，修改希特勒的蒙太奇拼貼。一點返家。

〈二月二十五日〉《寫真時代》的工作進度停滯不前。金田表示看完《寫真時代》，會心生殺伐之氣。墮胎的排版，讓人心情低落。剛好有事前往赤坂附

近，順便去看新日本飯店的災後現場，帆布都還掛著，入口擺放某寺廟分來的小祭壇。我獻上一炷香，祭拜在這裡殞命的模特兒多繪。在銀座和赤瀨川原平見面，決定書籍名稱為《純文學之素》。返回公司繼續工作，睡意襲來時已經三點多，在公司打地鋪睡覺。

〈二月二十七日〉「我才不肯接受這種再見方式呢，我深信一定還會再見面。」接到這封來自醫院的信件，心情複雜低落。森田被木村先生斥責，回到公司。

〈二月二十九日〉天氣預報準確，今天真的下雨。我討厭雨天。森田說：「對方已經知道我長的樣子了，換末井先生去啦！」我只好前往產經新聞的照片服務處，商借日本航空墜機現場的照片，感覺很糟糕。對方詢問，「是哪類雜誌？照片使用目的是什麼呢？」我無法據實以告是要製作蒙太奇拼貼——片桐機長的手伸進石川的雙腿之間，石川反抗，「機長，您想做什麼？快停止！」所以，編個謊話借到照片。和上野昂志約在喫茶店，遲到四十分鐘之後，上野

つ神様
n Books
昭
kira
トスキャンダル
Graffiti

先生現身。但是文章還沒寫好。「對不起啦！」上野先生滿臉歉意地表示。和Dynamic Sellers的福富討論我的書，因為還有北宋社和ＪＩＣＣ，我表示暫時分身乏術，福富表示「我可以等」。熬夜工作，最近幾乎沒回家。

〈三月二日〉早上，被沙沙聲吵醒。睜開雙眼發現負責校正的管野妙子在旁，她最愛看的書是廣辭苑。「你正在睡，吵醒你不太好！」管野說道。她似乎覺得在公司打地鋪，像是在從事藝術，對身體有害，她希望人人都能正常睡眠。三溫暖之後，和倉田精二討論寫真集。倉田表示明天將去韓國，我拜託他幫忙採訪。如同前幾天的日本航空墜機事件，媒體報導就是娛樂節目，所以就要貫徹不道德的方式，結果沒有一張照片拍到屍體。在華日本遺孤活動究竟是什麼東西啊！

〈三月八日〉成立 HAND-JOE 事務所。東京樂天地溫泉既能泡澡，也有三溫暖，還能舉辦宴會。再度表演水戶黃門。悲歌手樂團的演奏真是不錯。到

「WHITE」續攤。

〈三月十一日〉打電話到上杉先生家。上杉夫人幸子說，「有末井先生喜歡的寂（寂是專業用語，意謂喪禮）了。」《寫真時代》終於送印了。東京電視台打算播出 HAND-JOE 的水戶黃門，擔任窗口的長谷川來電表示希望訂在四月。差不多該來思考《寫真時代二世》以及增刊號的企畫了。忙忙忙。

〈三月十三日〉搭乘八點四十八分發車的光號綠色特等車廂，和荒木先生、業務樋口前往大阪，出席東販書展《荒木經惟的寫真世界》簽書會。大阪紀伊國屋書店約有五十人前來，荒木先生給每個人的簽名都不同，我真是佩服他。簽書會也是荒木先生的一種表演。從大阪再到神戶。神戶的海文堂，社長是畫商，相當忙碌，不太關心簽書會。晚上和美崎豐旭等人探訪神戶街區。

〈三月十四日〉和荒木先生在神戶波多比亞飯店早餐。參觀神戶波多比亞博

覽會遺跡，然後轉往山手方面。這裡彷彿是原宿，滿街都是穿著鬆鬆垮垮大上衣的國中女生。在神戶北野探戈聖地 KITANO CIRCUS 參觀橫尾忠則展之後，接受咖啡招待。和荒木先生討論出版《少女朋友》，認為可以製作超大的少女版畫。KITANO CIRCUS 的人是荒木先生粉絲，打算帶著我們去泡溫泉，我拒絕了。天氣良好，心情舒爽，在城堡般的中華料理店大啖北京烤鴨，暢飲啤酒，然後搭上新幹線。

〈三月十五日〉準備ＪＩＣＣ預計出版的書籍而接受金田採訪，不過進展不多。黃昏，和北宋社的高橋丁未子討論我的書，看到目次，燃起執筆的心情。和高橋去小喝兩杯。

〈三月十九日〉隨身聽放入松田聖子專輯，出勤上班。六點是平岡正明的《看見歌謠曲了！》出版酒會。每個人的賀詞都趣味十足，卷上公一「哎呀，像我這種歌手啊……」。松田修[17]「平岡先生也會老，耳朵也會重聽，也會『聽不見

歌謠曲了！』……」團鬼六[18]「最初見到他時，以為他是共產黨……」。上杉清文「平岡先生是評論家版的片桐機長，希望他大大地逆噴射……」。「管他是共產黨還是什麼，大家都是神」的三波春夫[19]先生為我簽名。續攤在高級和風土耳其風格的高級日本料理店「將軍」，第三攤在「WHITE」，第四攤在「馱馱」，直到早上五點。

〈三月二十日〉前往 CAMP 參觀澀谷典子攝影展「拳擊手」，照片如同我的想像。澀谷女士照片的傑出之處在於不會咄咄逼人，非常誠實地反映出自己周圍發生的事物。這是照片最重要的事情，不過見到某出版社的人之後，發現自己又被誤解了。我並不認為自己走在暗巷裡，也不打算透過色情書刊反體制，寫小說也不是我的興趣。我只是設法不著痕跡地、盡量不說真話地配合對方。色情書刊的編輯真是灰色啊。

〈三月二十二日〉今天是假日，卻有拍攝行程。為了增刊號《少女寫真》，荒

)神様
n Books
昭
:ira
・スキャンダル
Graffiti

木先生拍攝〈少女朋友〉。〈少女朋友〉的拍攝總在假日，如果不是假日，少女就得向學校請假。在向島的料亭「美家古」拍攝十一歲的晴美。我在這裡經人介紹認識了高橋丁未子。我們讓晴美穿上和服，扮成賣春少女。故事的最後設定是罹患重病，晴美居然剛好感冒，不停咳嗽，彷彿真的罹患肺病。晴美打算拉起裙襬，遭到母親的阻止。拍攝完畢之後，晴美母女像是逃命般似地離開，深感對不起那對母女倆。

〈三月二十五日〉編輯會議。決定請ＪＩＣＣ放棄出版我的訪談集。每次訪談都沒有什麼重點，歸納整理恐怕不易。在喫茶店和金田、鈴木祐坊[20]品嚐洋金花的種子。金田說「吃太多不好」，話才說完，自己卻吃了三十個左右。沒多久之後，開始發愣，口中很渴，眼睛也模糊看不清楚。回到公司，電話聯絡HAND-JOE的鈴木祐坊，他也是同樣的反應，已經在睡覺了。走路都搖搖晃晃的，那種東西真是有害身心。

〈三月二十七日〉南先生大手筆砸下二十萬日圓的櫃子，搬來HAND-JOE了。黃昏，前往紀伊國屋書店聆聽《GARO》展舉辦的南伸坊、赤瀨川原平、林靜一、上野昂志等人的座談會。然後，和鈴木祐坊前往銀座。收到奥成達寄來的「消災解厄之會」酒會招待明信片，趕赴會場所在的C&C會館，酒會已經接近尾聲，剛好是消災解厄的女同性戀大型秀最精采之處。見到久違的奥成達和山口謙一郎。鈴木祐坊偕同女同性戀秀的女子，下落不明。

〈三月三十日〉黃昏，在木村恆久工作室討論《瑪麗蓮夢露的出嫁》。為了測試，以幻燈片觀看瀧本淳助[21]拍攝的照片時，木村先生「哈哈哈」地大笑。森田則始終默不作聲。結果，這件蒙太奇拼貼暫時作罷。和木村先生、瀧本前往什錦燒店。我表示，「和我差不多年紀的編輯多半偏紅。」木村先生則說，「新聞學本身就是左翼。」然後大夥兒聊到電視，討論節目《八點全員集合》是否為左翼。木村先生明確表示，「節目在八點播出，正是左翼，就是一種現代的系統。」我深表佩服地聽著。和瀧本前往三溫暖，瀧本過於在意男同性戀，詢問

「會不會碰到男同性戀啊」？走進三溫暖，打算睡一覺，卻沒有可睡覺的地方，只好在更衣室試著休息，但是完全睡不著。四點左右，獨自一人離開三溫暖。

〈三月三十一日〉雜誌《BOOM》連載〈三個臭皮匠人生諮商〉，在 HAND-JOE 和上杉先生、南先生討論。因為製作印籠百倍模型的功績，決定在今天迎接山崎邦彥成為 HAND-JOE 社員。大家前往新大久保的樂器行，幾乎是衝動購物地買下塞爾瑪的次中音薩克斯風。

〈四月一日〉和岡部先生、森田在喫茶店進行討論。說明《寫真時代二世》的概念，這本雜誌一定賣得出去。前往新大酒保的樂器行，練習薩克斯風兩個小時，終於能夠吹出聲音了。和上杉先生、鈴木祐坊一起用餐，大夥兒決定組團。回到公司，得意地向眾人炫耀樂器。

〈四月二日〉和國吉紀行討論前往吉野拍攝櫻花。我談到自己開始練習薩克

斯風，國吉說：「那個有害身體，別再吹了。連薩克斯風爵士樂手坂田明都吹到痛苦地兩腿打顫，會早死的。」三點，在「清水」和荒木先生、模特兒會合，來到石川旅館。以環形頻閃觀測器拍攝。拍攝過程十分有趣，我以傻瓜相機記錄。在DUG和《朝日相機》的丹野先生見面。荒木先生邀請我們兩人一同前往「羅伯塔」。再從「羅伯塔」轉進二丁目。丹野先生答應將單簧管給我。

〈四月三日〉和石川洋司見面。與澀谷典子討論《寫真時代二世》。公司預定今天舉辦賞花大會，可惜天公不作美，下起了雨。於是以一根櫻花枝在「花福」宴會。一點多搭乘計程車返家。「先生，您支持哪一隊啊？應該是橫濱吧。裁判果然偏心，那麼高的球怎麼可能是好球嘛，肯定就是偏心。不過啊，先生，球賽舉行時，很容易工作分心耶，先生。」計程車司機實在聒噪，又沒規定一定要觀看高中棒球賽。

4 牛込派出所實錄

在難以數計的犯罪當中，一九八一年十一月十九日夜晚、於早稻田發生的「膠帶引發的海報強姦事件」，鮮為人知。

那個晚上，一張海報被貼滿了膠帶、黏在電線桿上。一位馬場下派出所的優秀巡警，（應該是）剛好躲在公園樹叢裡，全方位監視在長椅上左擁右抱的男女行動，正好目擊整個過程。

被當做現行犯逮捕帶到派出所的不是別人，就是我和森田。

這位森田黃湯下肚，就愛亂摸女人，不過並沒有因此留有前科。清醒沒喝酒時，編輯《寫真時代》非常認真；他還發起運動、打算消滅在日本栽培的大麻，是一位了不起的人物。

事件細節就是那天黃昏，從印刷廠結束校正離開之後，打算在早稻田的電線桿上，張貼預定一週後在銀座山葉音樂廳舉辦的荒木經惟獨奏會「第二次荒木

主義宣言」海報。

從公園的樹叢當中，突然冒出貌似巡警的身影時，兩人真的嚇了一大跳。

「喂！不准動！否則要開槍喔！」

巡警一邊說著，一邊靠近。萬一被子彈穿孔，可不是開玩笑的，我們兩人都不敢動彈。

「你們在做什麼？跟我到派出所。你們不知道嗎？這裡禁止張貼海報，你們究竟想做什麼？」

我無意狡辯，我真的不知道這裡禁止張貼海報，電線桿上貼得滿滿的，例如「殺死田中角榮」、「敏捷專業搬家」。

我們被帶往馬場下派出所，所內正在聽取主婦的投訴，抱怨信箱常收到色情照片，非常困擾。

「信箱裡的照片是這種嗎？」

兩名巡警仔細瞧著主婦帶來的照片。

引領我們的巡警，興趣轉到那張照片上，「讓我看看。」過了一會兒，這位巡

警再度板起臉來。

「包包裡的東西全部交出來！快，全部放到桌上，口袋裡的東西也全都掏出來，全部！你們這兩個傢伙竟敢亂貼海報，在那邊的電線桿上。現行犯，現行犯……。這裡是剩下的海報，沒有遺漏的吧！這是什麼？荒木主義宣言？誰要你們貼的？說！」

這是請南伸坊設計的單色海報，我覺得太單調，所以加入小照片，沒想到適得其反。那張照片是荒木先生拍攝的，裡頭的女子雙腿大開，因為沒穿內褲，所以我以麥克筆修正之後，再進行印刷。

巡警的視線從色情照片轉到全裸照片。

「咦？這是什麼呢？這裡這裡，這裡的這個、這是毛吧？看得見毛耶，這個很有問題喔，可能會有猥褻的嫌疑喔。你們貼這種東西，哎呀呀，不能貼在這裡啦，看來得請你們到本署走一趟了，警車馬上來。」

這下子問題大了，森田也是一臉擔憂。

「你們兩個，亂貼這種猥褻物品會吃牢飯的。你們以前沒被傳喚過嗎？我以

前可是待過警視廳的！」

以前，我曾經因為《NEW SELF》禁止發行，經常向警視廳報到，突然感到心驚膽跳，自己似乎逐漸被塑造為犯罪者，等到坐上警車，準備前往牛込警署時，已經完全變成一位犯罪者了。

深夜的牛込警署十分閒散，更覺得不寒而慄。我們被帶到警署時，（應該是）正在聊著下流話題的幾位巡警，全都拋來不友善的眼神。

牆上貼著標語，寫著「對人不可掏出，手指不可伸入，不可對準」，可能是預防誤觸警槍的標語吧，然而「手指不可伸入」的警語，卻帶有奇妙的氛圍，充分融入這間辦公室。

我和森田分別被帶進不同的偵訊室，被可能是穿著便服的刑警偵訊，製作筆錄。

「不想說的可以不說，」雖然事先告知規定，偵訊仍然持續了兩個小時。

「記得是哪間超市嗎？在哪間超市買膠帶？嗯，被發現時，是你正在用膠帶張貼嗎？嗯，同事森田壓住海報，你剪了二十公分左右的膠帶，貼在海報的上

方和下方……嗎？」

壓住、膠帶、張貼，內心逐漸感覺自己強姦了海報。我接受的調查是張貼海報，並沒有受到猥褻嫌疑的調查。

「不過，總之呢，剩下的海報和膠帶將暫時保管做為證據，請填寫保管單。海報有幾張啊？剛才算過，有四十張。」

為了再行確認，刑警數著海報，竟然少了一張。對於這種枝微末節小事，警察絕對不能馬虎，於是刑警開始搜索下落不明的那張海報。

時間已經是半夜兩點。我非常焦躁，心想隨便你們處置吧，可不可以快快放我回家。

終於查到海報的下落。原來馬場下的巡警十分在意全裸照片，帶走了一張海報。

「就寫三十九張吧。」

於是，我重新修正保管單。

然而，巡警還不放我回家。我被送進攝影室，拍下正面和側面的照片。我對

相機很感興趣，目不轉睛地盯著相機，「是誰命令你的呀？公司的工作嗎？真是不值得耶，被帶到這種地方。」

攝影師居然表達同情之意。

「嗯，哎呀，任何事情都是一種經驗嘛。」

所謂的多嘴惹事就是這麼一回事！

「看來你根本沒有犯罪反省的意識嘛，罰款十萬日圓喔。」

對方轉而語帶威脅。張貼海報，實在很難有犯罪意識。

被採下兩手的指紋，終於獲得釋放回家時已經過了三點。想必這是牛込警署今晚最重大的事件了。

兩三天之後，再度遭牛込警署傳喚。我和森田前往報到之後，除了需要轉送一張海報給檢察廳之外，剩下的海報和膠帶全數歸還。

馬場下的巡警當天也在場。

「原版帶來了嗎？海報使用的照片原版？沒帶來呀，好吧，算了。」

他似乎仍然執意調查全裸照片，不過現在的焦點似乎轉為送印前的照片。

大約又過了一個月，這次是新宿檢察廳傳喚。

我們見到檢察官，聽取起訴書內容說明。罪行是未經允許在他人的工作物上黏貼紙張，違反輕犯罪法。

「別再犯囉。」

「是！」

於是，最後一張海報獲得歸還，正打算離開時，

「等一下！」

檢察官追了上來。

「等一下，等一下，海報可以讓我複印嗎？」檢察官有些不好意思地說。

我的心情像是在展露暗藏本。

罰款金額是一人三千五百日圓。

1 托洛斯基：Lev Davidovich Trotsky，一八七九～一九四〇。俄羅斯無產階級革命家、軍事家、政治家、思想家、作家，俄羅斯十月革命領導者，蘇聯紅軍創建者和領導者，列寧稱他為「最崇高的同志」。

2 山本晉也：一九三九～。日本電影導演、演員。

3 JPS：Japan Professional Photographers Society，日本專業攝影師協會的簡稱。

4 WHITE：一九七五年開店，一九八六年遷移至六本木，娛樂界等各界大人物渡過青春歲月的傳說酒吧。

5 女人城：La città delle donne，一九八〇。

6 北島敬三：一九五四～。日本攝影家。

7 石內都：一九四七～。日本攝影家。

8 倉田精二：一九四五～。日本街頭攝影家。

9 土田宏美：一九三九～。日本攝影家。

10 DUG：一九六七年開店的爵士喫茶店，商標由和田誠設計。

11 劍池加津夫：日本攝影家。從六〇年代之後，持續追蹤拍攝大麻禍害問題，並出版相關寫真集。

12 西井一夫：一九四六～二〇〇一。日本雜誌編輯、攝影評論家。

13 荒戶源次郎：一九四六～二〇一六。日本電影製作人、電影導演、演員。

14 中川正昭：一九四三～二〇〇五。日本攝影師。

15 江成常夫：一九三六～。日本攝影師。

16 木村恆久：一九四六～二〇〇八。日本平面設計師。與永井一正、片山利弘、田中一光並稱四大天王。

17 松田修：一九二七～二〇〇四。日本近代文學、藝能史學家。以日本刺青研究第一人著稱。

18 團鬼六：一九三一～二〇一一。日本小說家、編劇、電影製片、演員。

19 三波春夫：一九二三～二〇〇一。日本演歌歌手。「大家都是神」是他的招牌台詞。

20 鈴木祐坊：鈴木祐弘的暱稱。

21 瀧本淳助：一九五四～。日本攝影家。

Act 5.

HAND-JOE 談

エロ

God of

末

Su

素敵なダイナ

Dynan

神様

Books

昭

ira

194

スキャンダル

Graffiti

Act 5.

HAND-JOE 談

1　HAND-JOE 是按摩師傅

●上杉清文（Uesugi Seibun）

昭和二十一年（一九四六）四月二十五日，出生於靜岡縣富士市的日蓮宗寺院。就讀縣立富士高中時，雖然曾經在講台上高唱披頭四歌曲、搗蛋喧鬧，基本上是個立志為人師的認真學生。然而在高三時，父親逝世，性情大變，放棄學業。一年後成為前衛人士和地下劇場人士。人的死亡影響之大，不容小覷。進入立正大學佛教學部日蓮宗學科就讀，再度中途輟學。在學中，成為戲劇集團「發現之會」研究生，雖然只是一介研究生，卻負責撰寫四個腳本，氣焰遠高於劇團團員。不理會幹部的再三勸說，斷然拒絕升格為劇團團員，因為討厭成為劇團團員之後，將被繁雜瑣事纏身，顯現出缺乏責任感的資質，以及天生的集團憎惡感。換言之，他只想樂得輕鬆。後來，在「天象儀館」、「風塵舍」、「空中分解」等集團的乞求之下，任憑我意、毫無顧忌地寫下七本無聊透頂的戲曲，在眾人皺眉和喝采之下，以理論家的身分，獲邀加入全日本中

華涼麵愛好會，成為神奈川委員會教條派的理論領袖，深獲景仰（這個時期才獲得理論家的評價，據說本人也相當震驚）。八一年，突然打算成立綜合商社HAND-JOE這家無意義無目的不清不楚的企業體，不斷瘋狂從事無聊透頂的事情。另一方面，回到富士市，就任成就山本國寺第二十五世住持，同時兼有日蓮宗大僧官的正經人格。著作《佛的十誡》，和平岡正明共著《抱歉啦》、《天覽思想大相撲》。

●南伸坊（Minami Shinbo）

昭和二十二年（一九四七）六月三十日，出生於東京世田谷區，天生洋蔥頭。歷經池袋第一小學兒童會會長、池袋國中學生會會長，都立工藝高中設計科補考畢業。報考東京藝術大學設計科入學考試落榜之後，進入美學校木村恆久教場，緊接是赤瀨川原平、菊畑茂久馬[1]、松澤宥[2]三位教授主持的美術演習教場，順利畢業。在代代木日本共產黨本部後方的日本能率協會，以設計師一職進入商業企畫設計室，就在整年都沿著蜻蜓[3]線裁切草稿的日子當中，公

司破產倒閉。不經意地造訪株式會社青林堂，當天就報到上班。第一天上班就自認是漫畫月刊《GARO》總編輯，不過也神不知鬼不覺地成為總編輯，坐鎮指揮七年（七二～七八年）。除了擔任總編輯，為各種雜誌、報紙繪製各種不負責任的插畫並撰寫雜文，騙取稿費，結果忙碌程度遠超過總編輯本業，之後接受社長勸退，自稱自由插畫家，在諸多領域胡忙瞎忙地不可開交。八一年，加入綜合商社 HAND-JOE，成為企畫創立成員，直到現在。

著作《有趣又何妨》、《離去的業界人士》。

●末井昭（Suei Akira）

昭和二十三年（一九四八）六月十日，出生於岡山縣偏僻地方，十八歲於岡山縣立備前高中畢業。畢業之後立刻前往大阪集團就職，在三班輪班制之下，突然立志當設計師，三個月之後上京入學青山設計專門學校（現為不動產公司）。因為學園紛爭等原因，一年後退學，進入設計公司「作畫會」，成為展示設計師。離職之後，進入根本觀光集團（女王蜂夜總會連鎖企業），繪製夜總

Act 5. → 1

HAND—JOE はマッサージ師だ

會的看板、廣告單等。這個時期，打算將夜總會海報投稿明星設計師登龍門的日宣美，夢想遭到完全粉碎，永無實現之日。沒過多久，進入池袋王冠夜總會，從事看板繪製工作之餘，燃起革命般的熱情。在友人進入色情書刊的出版社、因緣際會接到插畫繪製的委託之間，獨立成為自由工作者。在美學校岡部德三[4]絲網印刷教場學習，並同時創刊雜誌《NEW SELF》。雜誌率先問世，卻沒有出版社，於是成立 SELF 出版，突然當上專務理事。陸續創刊《小說雜誌》、《WEEKEND SUPER》、《電影少年》、《寫真時代》，為出版界掀起波瀾。六月又創刊《寫真時代二世》。SELF 出版成立五年，目前已成為擁有六十名職員的企業。HAND-JOE 創立成員。

●鈴木祐弘（Suzuki SukehIro）

昭和三十二年（一九五七）五月十一日，出生於群馬，歷經暴走族首領之後，從立正大學佛教學部宗學科畢業。在學中，於信行道場修行，組成「空中分解」劇團，順理成章地擔任團長，演出不知所云、毫無章法的戲劇。昭和

神様
n Books
昭
kira
トスキャンダル
Graffiti

五十六年（一九八一），加入「寒一百日日蓮宗大荒行道」，取得日蓮宗執行木劍祈禱的修法師執照。在綜合商社 HAND-JOE 成立之際入社。目前，公開宣示腳踏兩條船，同時擔任鷲林山本妙寺副住持。

（以上人物以年齡順序排列）

●綜合商社 HAND-JOE

一九八一年，在天生厭惡組織的上杉清文、南伸坊、末井昭的突發奇想之下，成立的意義不明企業體。和 DADA、古典落語劇目「八笑人」為友人關係。是個徹頭徹尾無聊透頂的組織。列舉業務項目，包括調停和激化國際紛爭、美人計、祈禱、胡亂索錢等數十項。目前已完成的活動主要是水戶黃門漫遊表演印度篇、泰國篇、尼泊爾篇、香港篇等；以及 HAND-JOE 玩樂活動、用途不明的募資行動（「反正匯錢就對了」活動，目標二十億日圓，匯款帳戶三菱銀行高田馬場分行 053-4592057）、托德・布朗寧[5]導演作品《怪胎》電影上映會等。一九八二年，活動行程滿檔，在各種雜誌進行連載，並在各種電視節

末
Sue

目露臉演出，深受矚目。除了草創成員之外，陸續加入鈴木祐弘，以及卷上公一率領的「悲歌手樂團」，活動範圍更為擴大多元。社名的綜合商社「HAND-JOE」是由文案大師糸井重里命名。

這些介紹並不是出於我的筆下，而是刊載於兵庫縣立近代美術館竣工紀念的豪華手冊《追求明日的美術館・美術劇場一九八二年四月二十八日～五月三十日LIVE ART THEATER》。

在艱澀難懂的藝術專業用語羅列之間，刊登如此簡潔易懂的文章，想必能讓讀者鬆一口氣。

在這份手冊裡，還刊載了上杉清文對藝術的想法。

「誠如各位所知，藝術是大爆炸。在今天擁擠紛擾的社會當中，難道唯有孤獨，才能在人與人之間產生聯繫嗎？答案是否。醫學明明如此發達，為什麼仍有那麼多不治之症呢？誠如各位所知，因為藝術大爆炸。陰氣沉沉的人變得陽光活潑，氣短沒耐心的人變得氣長有耐性，工作效率倍增，得以供奉祖先，甚

至還能矯正壞習慣，通便效果絕佳，不知不覺地湧現個人魅力。這些事情絕非一個男人得以成就的大事業。因為，廢話不多說，就是藝術大爆炸……善哉，善哉。」

真是一篇好文。很久以前，在蘇黎世的達達詩人曾經朗讀過的詩，大概也不過如此吧。以上言論，恕不負責。

本來打算詳細說明 HAND-JOE，不過兵庫縣立近代美術館出版的手冊，寫得簡潔易懂、切中核心，所以未經允許就擅自引用。兵庫縣近代美術館出版的手冊為什麼刊載介紹 HAND-JOE 呢？因為這間美術館的策展人山脇一夫是 HAND-JOE 的幕後秘密成員，所以私下號召所有成員齊聚美術館。

在同一本手冊中，山脇一夫正確地誤解 HAND-JOE，他寫下的介紹是「綜合商社 HAND-JOE 是不可思議的團體。成員各有編輯、作家、漫畫家、僧侶、劇作家等職位，既不是美術家也不是藝術家。假裝和美術或藝術毫無關係，其實在不可見的深處擁有密不可分的關係。這群親切過激的達達主義者，試著透過藝術爆炸，炸開目前彷彿被隱形網罩住、身心無法動彈的狀況」。

エロ
God of
末
Sue
素敵なダイナマ
Dynam

我們這群人在兵庫縣立近代美術館舉辦應該算是活動的名稱為「水戶黃門大爆炸」。上杉先生、南先生、鈴木先生，以及製作實體印籠百倍模型、功績獲得認可而入社的山崎邦彥，卷上公一率領的悲歌手樂團、瀧本淳助等因此齊聚神戶。

活動前一天，一行人前往美術館，夥同山脇一夫討論翌日的流程。在萬事未定的狀況之下，僅帶著在淺草購齊的水戶黃門衣裳、薩克斯風，以及鑼鼓廣告樂隊道具，當場展開熱烈討論。

「要不要用火啊？點火的話，感覺很盛大呀。」

「爆炸更盛大啊！炸掉美術館！」

「淨說些做不到的事情，浪費唇舌而已啊！不如在展示的作品上作畫，想畫什麼就畫什麼！」

在一旁聽著眾人對話的山脇先生，居然一臉鐵青。總之，大夥你一句我一句、七嘴八舌地得不到結論，認為明天活動開始之前再決定也來得及，於是先返回飯店。

到了晚上，突然想舉辦即席演奏會，便四處尋找演奏廳，只是時間太晚，可能的場地都關門休息了。無計可施之下，一行人帶著薩克斯風四處遊蕩，來到三之宮公園，發現這裡非常適合即席演奏會，當下就地盡情吹奏起來，沒想到巡警立刻飛奔而至。

「你們這些傢伙是什麼人？這裡禁止演奏音樂！」

「嗯……啊……，我們獲得近代美術館的邀請，但是沒有練習場地……」

「到那邊的海邊練習！」

我們抬出近代美術館的名號，巡警一副無奈的表情。

巡警離開之後，一行人稍事移動，重開即席演奏會，結果來了兩位不同的巡警。

「你們在做什麼？我們接到四通一一〇檢舉電話。」

我們已經將近代美術館視為水戶黃門的印籠，只不過這回索性直接報上名號，表示「我們是近代美術館的工作人員」，省得麻煩。

看來只要搬出近代美術館的名號，巡警只能兩手一攤，同樣說道，「到那邊

的海邊練習！」

翌日，我們在一個小時前抵達近代美術館，進行事前討論，當場簡單決定先享用外送的蕎麥麵，然後叫賣周遭物品，再吹奏薩克斯風。

面對人山人海的觀眾，一行人吃著外送的竹籠蕎麥麵。那天的蕎麥麵是我一生當中吃過最難吃的蕎麥麵。所有觀眾盯著我們吃麵。

觀眾心中可能想著：「這是什麼樣的藝術？怎麼看都只看得出在吃蕎麥麵，難道有什麼特別意義嗎？這些人的裝扮奇異，看起來應該是水戶黃門的服裝，旁邊的人是隨扈阿助和阿格嗎？完全看不出來是誰。」沒有人笑出聲來。

接著，開始叫賣藝術，由修行鍛鍊完畢、聲音沙啞的鈴木祐弘主持。叫賣物品有快要融化的達利時鐘、捆包完畢的椅子、取名為結構的空箱等莫名其妙的物品，逐漸有些藝術的氣息了。

然後再和悲歌手樂團一起胡亂演奏樂曲，結束第一部分。

關於第二部分，因為已經沒戲可唱，乾脆舉辦宴會，大夥兒換上鑼鼓廣告樂隊的裝扮，繞行美術館一圈，再買酒暢飲。觀眾繼續盯著我們，山脇先生不得

不出面制止「酒類還請克制」。礙於情面，我們改為再度胡亂演奏，終於結束「水戸黃門大爆發」。

綜合商社 HAND-JOE 對我而言，如同三溫暖的按摩。生活在公司和社會裡，言論和行動都受到規範，即使自己未曾注意過那些規範，卻已經不知不覺地受到約束。

HAND-JOE 的言論和行動，統統拋開這些規範，盡情地談論或進行有違常識的言論行動，這種時候的解放感，如同肩膀痠痛、身體倦怠時，在三溫暖接受按摩時的感覺。現在，HAND-JOE 對我而言，已經是不可或缺的按摩師傅了。

2 水戸黃門是全世界的偶像

最近常聽到「千篇一律」、「老調重彈」等評論，不過，絕不會遭到這種嘲笑

的綜合商社 HAND-JOE，有一項傳統行事——水戶黃門的御亂行。

始祖的水戶黃門永遠千篇一律，最後必定會秀出印籠，觀眾明明早已曉得印籠必定會出現，仍然繼續觀賞水戶黃門，真是心酸的宿命。

既然印籠必定秀出，何必焦急等待四十二分鐘，所以綜合商社 HAND-JOE 的思想體系就是一開始即秀出印籠。這是上杉清文的思想，並發展成和平運動，無需繁文縟節，多費口舌，立刻秀出印籠，世間萬事就能圓滿解決。

西邊發生打架事件，前往現場秀出印籠即可；東邊發生公司破產倒閉，秀出印籠，勸說「諸位債權人，不認得這個印籠嗎？快快折返吧」！這種慈善活動，是 HAND-JOE 最初曾經提出、深具建設性的意見。

人有時畢竟需要娛樂，於是前往淺草吉原的土耳其澡堂「德川」。有人提議試試「不認得這個印籠嗎？」，說不定還能順利獲得免費入場的優惠。然而，土耳其澡堂的人多半是現實主義者，很可能遭到潑水、飛踢，或是挨揍。任何人都不想自找苦吃，所以採取的安全對策是先讓印籠進場。

然而，先讓印籠進場，表示印籠必須獨自一人先行進場。討論這個計畫時，

未在當場的鈴木祐弘成為印籠。第一代水戶黃門演員東野英治郎臉上的坑坑疤疤和我相像，僅因這個單純理由，我成為水戶黃門。隨扈阿助是上杉清文，阿格是南伸坊。HAND-JOE 成員的水戶黃門演員表就此敲定。

印籠的效力究竟廣及何方呢？岡山？鹿兒島？沖繩？香港？曼谷？為了確認效力範圍，HAND-JOE 成員打扮成水戶黃門，一九八一年二月進行東南亞漫遊旅行。可惜的是印籠鈴木祐弘必須執行本業的百日荒行修行，無法同行。

水戶黃門是單獨一人，不過阿助阿格則是家人隨行。於是，空中粉紅沙龍泰航飛機搭載我們一行人，從成田機場起飛，一路飛向曼谷。

抵達曼谷，立刻有一名當地住民上前自報名號為阿紅，聽起來真像是共產黨，他表示願意隨行伴遊，價格絕對便宜。人生地不熟，我們當場決定明天起雇用這位阿紅男子為地陪，然後就前往飯店。

翌日，阿紅一大早前來飯店迎接，我們四處觀光，參觀水上市場等地，一路上都無人察覺到我們是水戶黃門。毫不知情的小孩嚷著「山千圓山千圓」，向我們兜售木雕。

坐船走在昭披耶河的支流上，看到兩岸沒有土地的窮人，房子都蓋在突出岸邊的河上，其間夾雜著金碧輝煌的寺廟，反射陽光而閃耀出金色光芒。我已經忘記自己是水戶黃門，一心不亂地欣賞著窮人住居和豪華寺廟交互出現的風景，興奮不已。

第二天，一行人終於要以水戶黃門姿態現身，走出飯店房間時，不免感到緊張。觀光客和飯店員工都投來好奇的眼光，可惜我們無法以英文駁斥「這可不是表演」。

在街上走了一陣子，果然招來當地居民的矚目。搭上計程車，前往記不得名稱的著名大寺廟，終於要準備秀出印籠了。幸好附近人潮不多，當阿格掏出印籠說道「Do you know this man?」德國的大嬸觀光客說著「OH! Excuse me」，就伺機按下快門。

印籠在曼谷的效力不易評估，所以我們期待下一個訪問國家印度，一行人再度搭乘空中粉紅沙龍泰航飛機，前往當地。

抵達加爾各答機場時，必須遞出原子筆或香菸，才能不被刁難、順利通過入

境審查，比印籠還管用。穿過機場大廳，踏出印度國土的第一步時，大夥不禁卻步了。在機場的計程車招呼站，一個不見腰部以下的男子爬了過來，伸出手來。

原本打算秀出印籠，高喊「無禮！退下！」，取而代之的是掏出錢來。結果，周圍的當地居民看見有人掏錢，蜂擁而上，同時伸出手來。這下糟糕了，我們竟然來到這種化外之地。

一行人狼狽地衝上計程車，落荒而逃。

加爾各答剛好在舉辦慶典，市民湧上街頭，完全不守秩序地走在車道上，每輛車的喇叭都按得震天價響，吵雜刺耳。看來我們真的來到化外之地。

印度是個窮人很多的國家。日本也有很多窮人，印度窮人的不同，在於理直氣壯地展現「I am a poor man」。然後窮人不管你是水戶黃門還是何方人士，認為旅行人士都是有錢人，有錢人給窮人錢理所當然。所以，走在街上，一定有人靠近，伸出手來喊著「賞錢，賞錢」，實在煩人。

前往達克希涅斯瓦寺，寺內大概有兩千、甚至是三千個乞丐，走到哪裡都有

乞丐隨行。搭上計程車離開時，孩童攀爬上計程車，我們瞄向車旁，發現孩童一臉認真地倒掛在車窗邊，伸手進來，彷彿是動作電影的替身演員。司機似乎已經習以為常，不斷踩油門加速，孩童的表情越來越認真嚴肅，逼得我們不得不採取行動，遞過錢後，孩童就咚地掉出車外。乞丐也得搏命求生，各位要多學著點。

眼前淨是這種狀況，一行人猶豫是否還要測試水戶黃門印籠的效力，不過既來之則安之，立馬決定嘗試，而且既然要試，就要試得徹底，決定前往窮到一貧如洗的區域。於是委託地陪帶我們前往。

窮人多小孩，看來不是只有日本，加爾各答的窮人，幾乎都生下一窩的小孩。水戶黃門一行走在街上，幾乎全身光溜溜的小孩前仆後繼。

阿格在印度第一次掏出印籠，立刻就被小孩一把搶走，阿格無法以語言溝通表示「那是重要信物」，只能比手畫腳示意，並掏出原子筆、零錢，仍立刻被掃光，卻不見有歸還印籠的跡象。印籠在印度效力全失，看來水戶黃門只在日本管用。

3 薩克斯風與裸奔

現在，我正在戒薩克斯風，每天閉關在飯店中埋頭寫稿。只要停下寫稿的手，腦子就浮現三天前剛暫時分開的薩克斯風。

那種金光閃耀的曲線美、觸感，只是浮現腦海就亢奮不已。對我而言，薩克斯風已經是「眾裡尋他千百度　驀然回首　那物卻在燈火闌珊處」的存在，能有這種際遇，全拜上杉清文和尚之賜。

今年年初，上杉先生來電，劈頭就說，「末井呀，一起去買樂器吧，樂器好美呀。」

上杉先生立刻付諸行動，著手收集各種樂器型錄。上杉先生向來如此，萬事都做事前準備，我缺乏計畫，走一步算一步，所以每每獲得他萬全準備之賜。

以前，HAND-JOE一行人到印度時，上杉先生購買好幾本印度旅遊指南，詳細閱讀，還收集印度相關書籍，購買印度語的學習秘笈，規畫十日行的行程

表，分發給所有成員，甚至製作機場飯店注意確認單，準備地鉅細靡遺。但是，每次脫軌、不依照行程規畫的都是他，看來他只是單純享受準備的過程，真是拿他沒辦法。

所以，當他第二次來電表示，「末井買次中音薩克斯風，我買中音薩克斯風，兩人可以交換吹奏。」我推測他到現場購買時，又要三心二意，甚至最後索性不買。

過了幾天，我們前往卷上公一介紹的管樂器專門店參觀薩克斯風。

陳列在玻璃櫃中、宛如金閣寺般的薩克斯風，真的非常漂亮。上杉先生表示「很想吹吹看耶」，「可以啊，後方有音樂工作室」，店長從玻璃櫃取出中音和次中音的薩克斯風。

接下來的三個小時，甚至到樂器店結束當天營業，都是我、上杉先生以及鈴木祐弘三人的即席演奏會。三人毫無停手之意，店長也不由得浮現「差不多該休息了吧」的困擾表情。

如果雙手空空走出店外總是過意不去。而且，終於能夠吹出聲音，對薩克斯

風已經產生感情了，實在捨不得放棄不買。因此，三人都當場購買，三支薩克斯風合計超過百萬日圓吧，店長的內心肯定欣喜雀躍。

後來，我們三不五時就來到這間樂器行，和上杉先生、平岡正明一起吹奏低音單簧管，十分暢快過癮。因為都在店內進行，店員最初都微笑以對，後來則是聚集到角落側目觀看。大約吹奏一個小時之後，店長終於按捺不住，迂迴表示，「各位差不多了吧……。接下來還有其他客人要選購樂器。」

既然買下樂器，於是組成樂團。HAND-JOE ALL STAR（H・A・S），次中音薩克斯風上杉清文、末井昭，中音薩克斯風南伸坊、鈴木祐弘，單簧管山崎邦彥，鼓手瀧本淳助，是個管樂器多多的樂團。

既然組成樂團，就要好好出道。兩個月之後，在澀谷的展演空間「LA MAMA」演出。關於首次演出，悲歌手樂團成員給予了諸多協助。

南伸坊最晚購入樂器，一直到演出前一天才買下中音薩克斯風，等於剛開始學習吹奏僅僅一天時間，在娛樂史上應該是史無前例、最快的出道紀錄吧。

第一次的演奏只能說是爵士的自由演奏，其中樂趣妙不可言。全員各吹各

エロオ
God of P
末井
Suei
素敵なダイナマ
Dynami

的，嘈雜刺耳。演奏曲目為《水戶黃門對亞歷山大的種馬之戰》，是長達二十多分鐘的長曲。這是絕對無法重現、即興度超高的樂曲。

聆聽這場演奏的聽眾，想必體驗到各種不同的感動，或許覺得耳中住進了蟋蟀，或是覺得欣賞一次即可，或是覺得與其聆聽、不如自己演奏，甚至整夜沉浸在爵士樂之中。

沒有機會演出時，成員在寺廟本堂、晴見碼頭、音樂工作室等場所，各自進行練習，我常在多摩川堤防上吹奏。晚上，我前往多摩川吹奏，「噗～」聲一響，從草叢冒出一對男女起身離去。再「噗～」地一聲，躺在河畔的男女悻然走開。對男女情侶而言，這是一件擾人春宵的樂器。

轉個話題，在之前某個十一月二十五日的寒冷日子，我曾經裸奔。無論是插畫家、設計師，甚至是整座東京都沉寂安靜，像是個巨大死物，我的腦中突然浮現一個概念，想在這時的東京繪製插畫。

我全身赤裸、光溜溜地，從上野車站前朝松阪屋方向跑，凌晨時分，路上行人稀少，只有滿身酒氣、清晨收工回家的酒店小姐大聲揶揄「帥喔」！

の神様
n Books
昭
kira
トスキャンダル
Graffiti

我將看板使用的紅色水性顏料從頭淋下，在路上滾來滾去。在路上完成鮮紅色插畫時，已經天亮。這是我使盡全力的自我表現，這是一種表演。順帶一提，這一天，三島由紀夫和阿爾伯特・艾勒[6]過世。從計畫裸奔開始的兩個星期前，我緊張到幾乎性無能；結束之後，我感到全身虛脫卻心情舒爽，在我以往的體驗當中，這種舒爽程度能夠擠進排行前十名。

對我而言，薩克斯風也是這類的舒爽感覺。我認為在眾人面前突然吹奏，心情應該非常暢快。在喫茶店、道路上、棒球場、百貨公司、電車當中，突然吹奏，這樣的方式已經不能說是音樂，算是犯罪了。然而，我不清楚是否「所有的犯罪都會心情暢快」；對我而言，所有的暢快心情都會像是犯罪，不是瘋狂舉刀，而是瘋狂舉起薩克斯風。總之，請來欣賞演奏會。

最後再補充談談樂譜，樂譜是讓想要玩樂器的人反而越來越差勁的危險物品。HAND-JOE ALL STAR 的成員面對樂譜時，都會突然變得安靜無聲。

1 菊畑茂久馬：一九三五～二〇二〇。日本前衛畫家。戰後日本前衛美術團體「九州派」代表之一。

2 松澤宥：一九二二～二〇〇六。日本概念藝術家。有日本概念藝術始祖之稱。

3 蜻蜓：裁切用記號，形似蜻蜓而稱之。

4 岡部德三：一九三二～二〇〇六。日本刷版師。日本絲網印刷開拓者，拓展絲網印刷技法表現的可能性。在美學校培養出諸多後進。

5 托德・布朗寧：Tod Browning，一八八〇～一九六二。美國電影導演，《怪胎》（*Freaks*）為其代表作。

6 阿爾伯特・艾勒：Albert Ayler，一九三六～一九七〇。美國前衛爵士薩克斯風演奏家、歌手、作曲家。

ｯ神様

n Books

昭

kira

トスキャンダル

Graffiti

エロ本
God of P
末
Sue
素敵なダイナマ
Dynam

閉關的王者　結語

一九八二『北宋社』版

神田小川町有棟建築感覺和周圍格格不入，彷彿被時代拋棄般，在建築物內、宛如飯店的單人房中，我正在閉關。

我不是被強迫閉關，而是認為閉關能夠一舉寫完擱置三個月的文章，所以選擇閉關。我拜託北宋社的高橋「把我關起來」。

而且，我本來就想試試閉關。常看見作家寫著或說著「現正在飯店閉關」，有點心生羨慕。所以當高橋告知打算出版我的書時，腦海當中立刻浮現在飯店閉關和出版酒會。閉關聽起來有受虐感，令人嚮往。

然而，開始閉關之後，稿件卻沒有絲毫進展。主題已經大致底定，不過卻又想著現在寫出來又能如何，就不由得停下筆來。躺在床上看著電視，既然沒事，就來自慰吧，又再想想不然去打柏青哥，於是走出飯店。

或許是素來方向感不強，飯店周圍又不熟悉，只好隨便走走。飯店看起來有不少同性戀風格的國外住客，有種來到紐約的氣氛。

想起以前去到紐約，早上在曼哈頓的混雜人群當中漫步，曾有一瞬間以為自己身在東京。無論前往何處，都市恐怕都是大同小異的風景，相同表情的人，相同的行走方式。

我剛到東京時，看著投射在百貨公司櫥窗上的倒影，擔心自己可能無法適應都市生活。現在則是離開都市，應該無法生活。

抱著大量稿紙進入飯店閉關，稿紙沒有怎麼減少，年紀倒是老了四天。我已經過掉日本人均壽命的一半時間了，即使只是四天都極為珍貴。

已經過掉日本人均壽命的一半時間了，我卻仍然處於半吊子狀態，找不到自己的身分認同，著實煩惱。

身分認同其實是幻想，每每遇見堅持己見、絕不妥協的人，或是堅守生活原則的人，總覺得不安，所以通常不會主動靠近。

雖然沒有小孩，卻有家庭。有自己的雜誌，也有公司。有點存款，也有朋友。可是對於自己究竟應該從事些什麼，或是想做些什麼，沒有半點想法。

所以我編的雜誌完美地反映出我的個性，像是電影雜誌，也像是娛樂雜誌，

の神様
rn Books
昭
kira
トスキャンダル
Graffiti

或是寫真雜誌、色情雜誌，越來越四不像。事實上有不少人稱讚我編的雜誌很有趣，不是我故作謙虛，絕非我有編輯才能，而是我也不明所以。

常有人說：「末井先生很難懂。」如果能夠帥氣回答「被人一眼看穿怎麼得了」，該有多好，然而事實是自己真的不清楚。

雖說是社會人，我不懂所謂社會人的範疇。雖然已經結婚，卻不懂家庭的範圍，有種家庭是黑洞的感覺。在凡事都不清楚的狀況之下談戀愛，就會被戀愛對象說「不老實呀」「怎麼辦呢」。我不知道不老實是好事還是壞事，只是一直拖拖拉拉，不知不覺會遭到嫌棄。切身體驗到戀愛需要明確的起承轉合。

對這種人而言，寫文章是很辛苦的事情。如果讀者閱讀這本書，認為我下筆成章，咳咳，表示我還有些文字技巧。

首先，文章必須確認各種事物，但是我無法做到。我無法撰寫強而有力的文章，例如「關東煮是需要山藥魚漿片、滷蛋、章魚等食材，才得以成立的共同體」。我總是寫「應該差不多就是這樣吧」，文章顯得軟弱無力、欠缺說服力。

在實際生活當中也是如此，雖然很想嘗試「登高一呼、眾人追隨」的氣勢，

然而，每個人各有不同的生活方式，何必勉強。

聽聞各種事物，其中會有很多的不確定。不確定的事物保持不確定即可，然而寫成文章，就成了白紙黑字。感覺起來變得能夠了解，如此一來，我認為會產生許多弊害。

現在我正寫著文章，明明在書寫自己的事情，內容卻逐漸離我遠去。

大部分的人一年只看一本書。不斷看書其實是一種病，所以我幾乎不看書。並非完全不看，我會試著看書。以前左翼流行的時候，我也曾購買大量紅色書籍，試著閱讀，結果不太有趣，看著看著就睡著了。後來再試著閱讀時，已經是好多年之後，紅流早已不流行。據說目前流行政治生態學。

解釋半天，實在有夠麻煩，我直接導向結論。曖昧不清的事物保持曖昧不清即可。曖昧不清地死去也無妨，反正人的一生也不長。

可是，必須要有趣。個人有個人常識，公司有公司常識，社會也有籠統模糊的社會常識。如果這些常識有落差，就會非常有趣。將事物變得有趣並不困難。我覺得終生從事如此簡單、有趣的事情，就能爽快的死去。管他什麼身分

認同，往後的人生就繼續這麼走下去吧。

至於這本書是否有趣，畢竟牽扯到自己，礙難斷言。

在這間飯店的單人房裡撰寫文章，不自覺地產生正在戀愛時的心情，希望「大家快來了解我」。我當然希望戀愛對象是女性，期待都是女性讀者購買這本書。

寫著寫著，這篇文章也寫了八張稿紙，終於逐漸習慣了，看來在飯店閉關還是有效果的。

一九八二年十月一日　末井昭

結語再結語

一九八四『角川文庫』版

我覺得自己又土又俗氣。理由就是這本寫下自己人生的書。向他人描述這種又土又俗氣的人生，實在一點也不開心。

長期以來，我很煩惱自己又土又俗氣，千方百計地設法跟上潮流，結果都適得其反，土氣和俗氣不減反增。為什麼如此堅持是否跟上潮流或俗氣，因為這是我判斷他人的重要基準，除了戀愛時期以外，區分他人時，我幾乎都是以跟上潮流或俗氣為基準。我只知道這種判斷基準，其他一概不知。

能夠公開寫出如此又土又俗氣的人生，在某種程度上，已經能以客觀、玩笑的眼光看待自己，所以心情輕鬆解脫不少。本書是一種自己越來越輕鬆解脫的過程。因此，如果各位正在煩惱自己的人生又土又俗氣，請務必讀讀本書，應該能夠獲得救贖。

一九八二年十一月十五日，北宋社出版《美好的炸藥家醜》，本書是加以文庫化的版本。北宋社高橋丁未子女士詢問我撰寫本書的意願時，我表示只要能

夠在飯店閉關寫稿，並舉辦豪華盛大的出版酒會，我就答應。那時我覺得這些做法很時尚、跟得上潮流。在飯店閉關寫稿，書籍順利出版，進而舉辦豪華盛大的出版酒會。

接下來，我以為邀約會接踵而至、應接不暇，沒想到卻是門可羅雀。不過一年之後，角川書店的見城女士前來邀稿。只是已經過了一年，原本雄心萬丈的寫稿心情早已消失殆盡，打算婉拒；不過，見城女士大力盛讚《美好的炸藥家醜》。最初書籍出版時，廣獲稱讚，自己早已習慣了讚美，然而見城女士的讚美方式非常高明。同樣身為編輯，見城女士著實讓我大開眼界，值得學習。

在見城女士的斡旋下，拙作得以文庫本形式上市，再度提供讀者閱讀機會，衷心感謝。針對文庫本的出版，最初的〈母親爆炸了〉、〈工廠最潮〉，稍稍做了修改。然後再加上刊載於《傳聞真相》別冊的〈荒木經惟論〉，至於〈ＷＥＳ編輯後記〉，則予以捨棄。

一九八四年六月十四日（三十六歲生日）　末井昭

結語再結語再結語

一九九九　『筑摩文庫』版

驀然想起，自己已經年過半百。撰寫本書時，時年三十四歲，距今已逾十六年了。現在並不是來自一個老人的感慨，三十三歲時，根本沒空思考五十歲的模樣。結果到了五十歲，震驚地發現居然毫無進步，或說是沒有半點改變。

不過，居住在東京超過三十年，縱使不易習慣都市生活，多少也逐漸像個都會人，感受到都會人特有的孤獨、閉鎖和空虛感。這時閱讀本書，能夠補充元氣，重新體認「這是一本好書」。或許有人會笑我，「閱讀自己的書，哪能受到鼓舞呀？」但是事實就是事實，不是我隨便胡謅。如果本書不只鼓舞自己，還能激勵更多人，十六年前的自己或許會認為「值得下筆撰寫」。然而相較於現在，那時的我過於年輕，自以為是，現在有不少地方讀起來覺得害羞，甚至有些地方會想重寫。不過，「畢竟那些不是現在的自己」，所以決定維持原狀。

寫完這本書之後，直到今日，我究竟還做了些什麼呢？如果要詳細寫下，恐怕要再出一本書，所以簡單敘述。《寫真時代》的創刊號銷售一空，七年後

成為發行數量二十五萬冊的雜誌，公司得以重新振作；然而在昭和六十三年（一九八八）二月遭到禁止發行而廢刊。我旋即推出雜誌《寫真世界》，不過滯銷。該年年底創刊《柏青哥必勝指南》，剛好搭上柏青哥流行的風潮，發行數量不斷增長，從月刊變成雙週刊，銷量持續攀升，成為每期發行五十萬冊的雜誌。其間，瘋狂推出《吃角子老虎必勝指南》、《漫畫柏青哥》、《柏青哥世界》、《柏青哥一番》等相關雜誌或增刊號，獲利頗豐，直到今日。寫到這裡，看似萬事一帆風順，無往不利。不過，我迷上期貨交易，結果一億日圓化為烏有，在泡沫經濟的鼎盛時期，瘋狂買地買房，背債兩億日圓，甚至沉迷於麻將、賽馬、賭場，輸得一塌糊塗。公司越賺錢，我越深陷借錢地獄，然而不知何故，反而因此取得平衡。因此，我並不以為苦，只是覺得內心颳著冷風。這時，我遇到一位女性，對她傾心不已，毅然離家和她一起生活。當時吃盡了苦頭，不過年屆五十之際，覺得離家出走的自己非常了不起。現在內心再無風雨，感覺十分良好。

回顧往事，順便回首思考五十年的人生，只能說我總是隨遇而安，從不奮

力掙扎。當上編輯是因為偶然遇見森下，創刊《寫真時代》是因為遇見荒木先生，創刊《柏青哥必勝指南》是因為當時心情鬱悶、沉迷柏青哥；不動產所背負的巨額債務，是因為剛好認識從事不動產仲介的朋友，我完全言聽計從，深信不疑。無法秉持強大意志、朝著目標努力的我，也曾煩惱萬分，現在則覺得沒有關係。經過規畫的人生，即使依照計畫進行，在看到大藏省的官員遭到逮捕、大銀行破產倒閉之後，不禁覺得「世間不如意事十之八九」。而且，依照計畫實行的人生，一點也不有趣。無法預測的人生雖然感到不安，我卻覺得興奮難抑，樂趣無窮。

本書經北宋社出版，然後成為角川文庫本，現在再透過筑摩書房清水檀之力，重生為筑摩文庫本。我向來不會保留自己製作的雜誌或書籍，所以當有人提出「想讀末井先生的書」時，著實困擾。現在能夠大聲宣布「筑摩文庫已出版，歡迎購買」，覺得十分安心。而且，我自己的書已經破破爛爛，能夠閱讀全新的書，總是開心，衷心感謝清水。

這本著作每逢重生，就寫一次結語，變得像是層層包覆的竹筍皮，不過仍可

エロ
God of

末
Su

素敵なダイナ
Dynan

說具有雜誌風格，仔細想想，果然我還是適合雜誌編輯，所以現在這樣就好。

一九九九年二月十六日

末井昭

末井昭｜SUEI AKIRA｜作者｜日本傳奇雜誌總編輯、作家。一九四八年出生於日本岡山縣，母親罹患肺結核長期住院，他因此被同學孤立，導致個性陰鬱孤僻。無法治癒的母親出院後與多位男子往來，一日與父親爭吵後離家，不久便和鄰居外遇男子抱炸藥相擁殉情。此自殺事件對他造成莫大影響。

成績優異的他高中選讀機械科，畢業後因厭倦機械式的輪班制工作而離開大阪工廠，前往川崎三菱重工任職。在此期間看到「日美美術字函授課程」，從小愛畫畫的他開始學習插畫，立志成為平面設計師。三個月後就讀青山設計專門學校，不久學運沸沸揚揚，被迫停課。

末井昭深受反現代設計的吸引，喜愛橫尾忠則和粟津潔的作品，許多設計師不屑一顧的夜總會及桃色電影看板，他卻覺得深具魅力，因此進入連鎖夜總會企業設計廣告傳單及海報。他在其中注入滿滿的陰濕情色主義來對抗現代主義的設計，並計畫將異色新作《青澀少女採香菇》，投稿到為培植戰後新一代設計師而成立的「日宣美」，但夢想最終因動亂而粉碎。在友人引介下為池袋的粉紅沙龍繪製看板，由於風格出眾，委託製作接踵而至，整個浪漫大街上林立著他的作品，從此出手闊綽地進出聲色場所。

儘管繪製技巧愈發純熟，腦中卻不再存有任何設計的意義或想法，萌生放棄之際，攝影師友人推薦他為《YOUNG V》畫插畫，因此與色情書刊展開十年情緣，從設計封面、排版、採訪報導、劇畫到漫畫，應接不暇，同時開始承接袋裝雜誌塑封本的設計製作。一九七五年在森下信太郎的邀約下，當上色情雜誌《NEW SELF》的總編輯兼發行人，簡潔的版面、照相打字標題及全本凹版印刷，都是當時色情書刊前所未有的嘗試。之後反體制的革新不斷，更將讀者群從工人轉向學生。

《NEW SELF》令人耳目一新的創舉，是邀請各領域的奇人異士登場，田中小實昌撰寫散文、嵐山光三郎開〈性生活改善講座〉專欄、南伸坊繪製插圖、秋山祐德太子的採訪報導、三上寬與池田福男的對談、赤瀨川原平的打字員性交故事，荒木經惟、安西水丸、林靜一、高信太郎、友川典司、鈴木志郎康、平岡正明、卷上公一、奧成達、長谷邦夫、吉田光彥、船知慧、堤玲子等人也共襄盛舉。

不斷挑戰禁忌的《NEW SELF》，歷經三次查禁，於發行十九期後正式廢刊。末井昭不僅讓色情書刊成為專業雜誌，也見證色情書刊黃金時代由盛而衰的三波浪潮。

末井昭認為色情雜誌奠基在男性對女性的單方面幻想，荒木經惟照片表面迎合男性，實際在傳遞女性自我意識，此種阻礙男性性凝視的女性視角，顛覆過往的色情刊物。

《NEW SELF》結束後他借用高達電影《WEEKEND》，創辦了融合電影、娛樂與情色攝影於一身的《WEEKEND SUPER》，一九七七年春天推出創刊號，實銷率達八成以上，再次掀起七〇年代情色文化風潮，並得到各方肯定。

)神様

n Books

昭

ira

・スキャンダル

Graffiti

荒木經惟以曠世名言「不是潮流，而是自流。自流，才是真正的潮流。」來讚譽末井昭。荒木經惟不但是末井昭的攝影論啟蒙者，也是他一生中最重要的事業夥伴，凡創刊必有宣傳自我的「荒木媒體」，緊密的合作還延伸到眾多書籍出版，末井昭的雜誌史幾乎與荒木經惟的攝影成名史畫上等號。

一九八一年創辦與荒木經惟共同命名的前衛攝影雜誌《寫真時代》，當代重要攝影大家東松照明、森山大道、川田喜久治、須田一政、倉田精二、石內都、北島敬三、吉行耕平、澤渡朔、篠山紀信、內藤正敏、山內道雄等人都在其上發表作品，該雜誌也成為設計師及藝術家赤瀨川原平、佐伯俊男、岡本太郎、橫尾忠則、安西水丸、木村恆久等人表彰獨特觀點的平台。難以定義的多元風格，翻轉世人對色情書刊的定見。末井昭與荒木經惟開創了一個時代，日本攝影雜誌史上的傳奇，發行量突破三十五萬冊的《寫真時代》*，卻在一九八八年被控過於色情猥褻而被迫停刊，走入歷史。

在《寫真時代》問世同一年，末井昭與厭惡體制規範的上杉清文、南伸坊等人突發奇想，成立無法被意義定型的綜合商社「HAND-JOE」。這個由文案大師糸井重里命名的組織，籌辦各種非主流的藝術大爆炸活動。

一九八八年底搭上柏青哥流行風潮製作《柏青哥必勝指南》雜誌，曾創下單期九十萬冊的暢銷紀錄*，並推出相關專刊，帶來驚人獲利，因此迷上期貨交易、不動產投資與沉迷柏青哥，最終因泡沫經濟負債近四億日圓*。二〇一二年從白夜書房董事卸任成為自由工作者，二〇一四年，以《自殺》獲得第三十屆講談社散文獎，二〇一八年，自傳《美好的炸藥家醜》翻拍成電影《燦爛吧！情色時代》。另著有《末井昭的炸藥人生諮詢》、《結婚》等書。

*雜誌發行數量及負債數字，參考末井昭二〇一八年媒體訪談

蛭子能收｜**EBISU YOSHIKAZU**｜本文插畫｜一九四七年生於長崎縣，自高中畢業後，歷經看板公司、廢紙回收、DUSKIN 業務等職，於三十三歲正式成為漫畫家。身兼漫畫家、演員、藝人等身分。

蔡青雯｜**譯者**｜日本慶應義塾大學美學美術史學系學士。目前專職口譯與筆譯。譯有《鯨魚在噴水》等書。

王志弘｜**選書**、**美術設計**｜AGI會員。與出版社合作推出自己的出版品牌，以國際知名藝術家的翻譯書籍和他們的作品為特色，包括荒木經惟、大竹伸朗、橫尾忠則、中平卓馬和 COME des GARÇONS 等。主要獲獎包括紐約ADC銀獎、紐約TDC獎及東京TDC提名獎、韓國坡州出版美術獎、香港HKDA葛西薰評審獎等。著有《Design by wangzhihong.com》。@wangzhihong.ig

SOURCE SERIES

主要獲獎

紐約ADC獎（銀獎） 細江英公自傳三部作
紐約TDC獎 細江英公自傳三部作
東京TDC獎（入選） 看不見的聲音，聽不到的畫、Design by wangzhihong.com、決鬥寫真論、字形散步 走在台灣、改變日本生活的男人、建構視覺文化的13人
韓國坡州出版美術獎 SOURCE 書系
台灣開卷好書獎 海海人生！

SOURCE　33
素敵なダイナマイトスキャンダル
美好的炸藥家醜　Dynamite Graffiti
末井昭　Suei Akira　著
蛭子能收　Ebisu Yoshikazu　本文繪圖
蔡青雯　譯

選書、設計：王志弘、徐鈺雯
發行人：涂玉雲
出版：臉譜出版

發行：英屬蓋曼群島商家庭傳媒股份有限公司城邦分公司
台北市民生東路二段一四一號十一樓
讀者服務專線：〇二—二五〇〇—七七一八
〇二—二五〇〇—七七一九
服務時間：週一至週五　〇九：三〇～一二：〇〇
一三：三〇～一七：三〇
二十四小時傳真服務：〇二—二五〇〇—一九九〇
〇二—二五〇〇—一九九一
讀者服務電子信箱：service@readingclub.com.tw
劃撥帳號：一九八六三八一三　書虫股份有限公司
英屬蓋曼群島商家庭傳媒股份有限公司城邦分公司
城邦網址：www.cite.com.tw

香港發行：城邦（香港）出版集團
香港灣仔駱克道一九三號東超商業中心一樓
電話：八五二—二五〇八—六二三一
傳真：八五二—二五七八—九三三七
電子信箱：hkcite@biznetvigator.com

馬新發行：城邦（馬新）出版集團
Cite (M) Sdn. Bhd. (458372 U) 41,
Jalan Radin Anum,
Bandar Baru Sri Petaling,
57000 Kuala Lumpur, Malaysia
電話：六〇三—九〇五七—八八二二
傳真：六〇三—九〇五七—六六二二
電子信箱：cite@cite.com.my

初版一刷：二〇二三年一月

ＩＳＢＮ：九七八—六二六—三一五—二二一—二
定價：新台幣三九九元・港幣一三三元

印刷製本：漾格科技股份有限公司

神様

n Books

國家圖書館出版品預行編目（CIP）資料
Cataloging in Publication

美好的炸藥家醜／末井昭著；蔡青雯譯．
——初版．——臺北市：臉譜出版：
英屬蓋曼群島商家庭傳媒股份有限公司城邦分公司發行
2023.01　面；　公分．——（Source；33）
譯自：素敵なダイナマイトスキャンダル
ISBN 978-626-315-221-2（平裝）
861.67　111018425

昭

kira

232

スキャンダル

Graffiti

エロ

God of

末

Sue

素敵なダイナ

Dynam

International
Standard Book Number
978-626-315-221-2

Acquisition Editor, Design and Illustration by wangzhihong.com
Translated by Ching-Wen Tsai Faces Publications
NTD 399 HKD 133 Cat. No. FA3033

芸術は爆発だったりすることもあるのだが、僕の場合、お母さんが爆発だった。